SV

Band 507 der Bibliothek Suhrkamp

André Pieyre de Mandiargues
Schwelende Glut

Erzählungen
Aus dem Französischen übersetzt
von Ernst Sander

Suhrkamp Verlag

Originaltitel: *Feu de braise*

Erste Auflage 1988
Suhrkamp Verlag Frankfurt am Main
Mit freundlicher Genehmigung des Insel Verlags Frankfurt am Main

Druck: Nomos Verlagsgesellschaft, Baden-Baden
Printed in Germany

Schwelende Glut

Für Pauline Réage

War sie also aus Stein oder Wachs oder Geschöpf einer andern Welt, und dachte man, es sei unnütz, zu ihr zu sprechen, oder wagte man es etwa nicht?

Pauline Réage

Florine ging zu Brasilianern, die in einem sehr alten Haus in der Nähe der Kirche Saint-Sulpice einen Ball gaben. Was wußte sie eigentlich von jenen Leuten? Fast nichts, bis auf die Nationalität, die bloß wie ein auf Pakete geklebtes Etikett mit der Herkunftsbezeichnung war, und ferner, daß sie wahrscheinlich in Paris nicht allzu viele Leute kannten, da sie Conciergen mit den Einladungen im Stadtviertel beauftragt und ihnen dabei, so schien es, freie Hand gelassen hatten.

Die Treppe wand sich spiralig in einem runden, ziemlich dunklen Treppenhaus mit klebrigen Wänden empor; sie waren sicherlich seit mehr als hundert Jahren nicht frisch gestrichen oder auch nur abgewaschen worden; dabei war der rote Läufer unter den vergoldeten Stangen, die ihn an den Stufen festhielten, von einer glühenden Leuchtkraft, wie sie einzig dem als ›Tiefrot‹ bezeichneten Farbton innewohnt, und das Geländer war lauwarm, als sei es geheizt worden, um es den Händen angenehm zu machen, die es anfassen sollten. Schon beim Betreten des Eingangsflurs hatte Florine den gedämpften Lärm des Balls gehört, und jener Lärm steigerte sich, je höher sie stieg, von Stockwerk zu Stockwerk. Wirklich, die Treppe nahm kein Ende. Wie viele Male hatte sie nun schon den düsteren Käfig umschritten, wie viele Windungen der Spirale hinter sich gebracht – das fragte sie sich und fand keine Antwort. Wenn sie sich vorbeugte und die Treppenabsätze zählen wollte, gewahrte sie nur einen Brunnenschacht, schwarz und tief ›wie die Zeit‹; denn eine ungebräuchliche Minutenschaltung brachte es mit sich, daß das Licht zunächst in den unteren Stockwerken erlosch, dann weiter oben wieder aufflammte und dann noch weiter oben, so daß es also den Besucher geleitete. Der Lärm der Instrumente (außer einem schlechten Klavier konnten es nur Trompeten, Trommeln, Becken und Kalebassen sein) hallte im Treppenhaus mit beinah erschreckender Gewalt wider. Auch Händeklatschen war zu hören, Fußgetrampel, Singen, Lachen und Schreie ›Han! Han!‹, wie sie eher zu Holzfällern und Grobschmieden als zu Tanzenden gepaßt hätten. Durch spaltbreit offene Türen schauten Hausbewohner geradezu furchtsam nach oben, ohne indessen Einspruch zu wagen. Wenn Florine an jenen Türen vorbeikam, verschwanden sie, zogen den Flügel ein bißchen zu (ohne die Tür zu schließen), machten ihn dann hinter ihr wieder auf und tuschelten. ›Sie bewundern mein Kleid, oder sie sind neugierig‹, dachte Florine.

Sie hatte tatsächlich ein schönes Kleid an, nur daß es ein wenig zu durchsichtig war und unter dem orange Satin den schwarzen Hüftgürtel und die Strumpfbänder durchschimmern ließ. Die leicht rosa Strümpfe waren unwahrnehmbar, die Brüste sehr weiß, frei, ohne Büstenhalter. Und auf dem zu den Schultern niederfallenden Haar spielten Reflexe wie auf Otterpelz. Florine kam sich wie verklärt vor, daß sie an diesen Leuten vorbeigehen konnte, die nicht zum Ball geladen worden, die ganz sicher häßlich und linkisch waren, da sie ja doch der Concierge des Hauses, in dem sie wohnten, übergangen hatte. Mit der Haltung einer Königin oder einer Zuchtstute erhob sie sich über sie, Stufe um Stufe. Ganz oben wurde sie sich ihrer Glorie und der Niedrigkeit jener so sehr bewußt, daß sie begann, ihrer mit einigem Mitleid zu gedenken. ›Wenn sie mich darum bäten‹, sagte sie sich, ›würde ich mich, glaube ich, bei den Brasilianern für sie verwenden‹.

Sowie sie geschellt hatte, wurde die Tür geöffnet; zwei zum Empfang der Gäste bereite Diener standen dahinter. Sie trugen weiße Jacketts und weiße Handschuhe, verbeugten sich vor ihr und erboten sich, ihr aus dem Mantel zu helfen, den sie gar nicht anhatte. Die Brasilianer mußten der besten Gesellschaft angehören, und es war verständlich, daß sie für die kleinen Leute in den untern Stockwerken nur Verachtung übrig hatten. Es war aus Laune geschehen, aus Raffinesse, Snobismus, Hochgestochenheit, eleganter Paradoxie, dem Verlangen, es anders als andre zu machen, daß sie den Conciergen die Auswahl der Einzuladenden überlassen hatten. Freilich nicht, ohne ihnen zuvor eingeschärft zu haben, äußerst streng zu sein und nur Leute erster Qualität zu laden. Ist man schon Dandy und in einem Tropenland geboren, so öffnet man nicht dem erstbesten seine Tür, wenn man zu deren Wartung über zwei Diener so erlesener Art verfügt.

Es war nicht eben verwunderlich, daß die Decke so niedrig war: ein die Normalgröße nur wenig überragender Mann hätte sie mühelos berühren können. Mit dergleichen muß man sich abfinden, nicht wahr, wenn man in einem Haus ganz oben wohnen will, wenn einen allein schon die Vorstellung krank macht, es könne irgendwer, und sei es nur ein Dienstmädchen, einem über dem Kopf herumlaufen oder schlafen. Abermals Snobismus. Ja. ›Und ich bin überzeugt‹, dachte Florine, ›daß sie den Speicher haben verrammeln lassen oder daß sie dort Fallen aufgestellt haben.‹

Die Wohnung war wohl möbliert gemietet worden, denn

das Mobiliar war ebenso banal wie das im Wartezimmer eines Fußpflegers oder eines Badearztes. Jämmerlich reproduzierte Farbdrucke nach berühmten Gemälden hingen als Gegenstücke in üppigen Rahmen. Zwar standen ein paar präparierte Palmen in Messingkübeln auf Dreifüßen aus hellem Holz, aber an dergleichen fehlt es ebenfalls nicht bei durchschnittlichen Ärzten, und mit ihrem Exotismus ist es nicht weit her, da man sie in den Konsulaten ferner Länder auf bevorzugten Plätzen zu sehen vermag. Florine war jedoch nicht enttäuscht; schließlich hatte sie sich nicht auf Papageien gefaßt gemacht. Ihr war es um den Ball gegangen. Als die Diener von ihr zurückgetreten waren und sich, einer dem andern gegenüber, in gefrorener Haltung zu beiden Seiten der Tür aufgestellt hatten, ließ sie sie einander im Weiß ihrer Augen (oder in den spiegelnden Knöpfen ihrer Jacken) betrachten und ging entschlossen dem Lärm entgegen. Er donnerte ihr in die Ohren, als sie den Raum betrat, wo getanzt wurde.

Es war kein eigentlicher Wohnraum; es war lediglich aus zwei Kammern durch das Niederreißen der sie ehemals trennenden Wand eine schmale Galerie enstanden; Spuren der beseitigten Mauer waren unter der sehr bunten, ungeschickt ausgebesserten Tapete sichtbar. In einer Ecke standen Stühle aufgestapelt, die Füße in der Luft; sie sahen aus wie eine landwirtschafliche Maschine oder ein altertümliches Kriegsgerät. Die Musiker waren neben dem Klavier auf eine ungefüge Kommode geklettert; sie hockten unter der Zimmerdecke wie eine Affenhorde; sie trampelten auf dem bauchigen Möbelstück herum, daß das Holz zu platzen drohte, und indem sie gleichzeitig in die einen hineinbliesen und die andern rüttelten und schlugen, entlockten sie ihren Instrumenten einen Höllenlärm.

Die große Überraschung (Florine mußte sich eingestehen, daß es trotz allem enttäuschend sei) bestand darin, daß so wenig Männer an der Tanzerei teilnahmen. Sie waren nicht gerade jung mehr und verhielten sich ruhig; sie saßen auf Kissen am Boden oder auf den zusammengerollten Teppichen und tranken aus Übelkeit erregenden Tassen etwas, das wie ein Kräuteraufguß aussah. Ob das die Brasilianer waren? Jedenfalls sahen sie mit ihren an den Schultern aufgepolsterten Jacketts, ihren trübfarbenen Hemden, ihren schäbigen Schlipsen, ihren Schuhen mit abgerundeten Kappen nicht danach aus. Der eine trug wollene Hausschuhe. War er der Hausherr? Oder ein Gast, der an Hühneraugen oder Gicht litt und mit dessen Kleidung man aus diesen Gründen hatte Nachsicht walten lassen? Die Sache war unklar.

Mädchen tanzten miteinander; sie rieben sich nach Rhythmen, die durch scheppernde Beckenschläge markiert wurden, wie mechanische Bürsten oder stießen wie weiche Kegel aneinander. Die meisten trugen an den Fußgelenken enge und gleichsam bis zum Platzen über den Hinterteilen prall sitzende schwarze oder dunkelblaue Hosen und dünne Pullover, von denen einige wespig gestreift waren, oder den Oberkörper umflatternde Hemdblusen. Sie waren nur wenig oder überhaupt nicht geschminkt, glücklicherweise, denn der Schweiß rann ihnen über Stirn und Backen. Die eine hatte sich die Schuhe und sogar die Strümpfe ausgezogen und die Hose hochgekrempelt, und sie tanzte ganz allein inmitten der weiblichen Paare, wobei sie mit dem Kopf im Takt schlug; im Rhythmus der Musik flog ihre dunkle Mähne zurück und wieder nach vorn und abermals zurück. Von vorn, so, wie Florine sie sah, ähnelte sie mit ihrem langen Hals und ihren nahe beieinanderstehenden, zu großen

Augen auf absonderliche Weise einer Mauleselin. Sie wenigstens konnte keine Einheimische sein. Ihr Aussehen, ihr Gehaben, ihre nackten Füße (und die Geschmeidigkeit ihrer Bewegungen) waren Andeutungen, wenn nicht gar Beweise amerikanischer und tropischer Abkunft. Wenn eine andre sie zum Tanzen aufforderte, lehnte sie es mit einem Lächeln ab, das wohlbesetzte Kinnladen sehen ließ.

»Ich habe Angst, daß Sie mir auf die Füße treten«, sagte sie jedesmal als Erklärung.

Jenes Mädchen forderte überraschenderweise Florine auf, als der Tanz, der eine Minute innegehalten hatte, noch ungestümer und lärmiger wieder einsetzte.

»Und wenn ich Ihnen auf die Füße trete ...?« fragte Florine und zeigte ihre vergoldeten Schuhe mit den übermäßig hohen, spitzen Absätzen.

»Bei dir, Federchen, habe ich keine Angst«, sagte das Mächen. »Tanz einfach drauflos! Du kannst mich getrost treten. Das täte mir eher wohl als weh.«

Und sie nahm sie mit beiden Händen bei der Taille und stieß zweimal gegen sie, Bauch gegen Bauch, wobei sie »Han! Han!« rief, denn im gleichen Augenblick erdröhnten die Becken.

Sie hielt Florine mit ungemeiner Kraft umklammert. Diese Armmuskeln! Diese Kniegelenke! Beim Ringkampf hätte dieses Mädchen viele Männer auf die Matte gelegt, und wenn man alle Illusionen beiseite ließ, wirkte ihr Gesicht unleugbar tierisch, und das hatte etwas Abstoßendes. Ihr Körper strömte einen sehr starken Geruch aus; er erinnerte an Schafgehege, Ställe oder Kasernen, aber bei einem Brasilianer-Ball ging es nicht an, die Empfindliche zu spielen, das Mündchen zu verziehen, die Nase zu rümpfen, und der Tanz war so zügellos, daß es kleinlich gewesen wäre, nach einem andern Grund für den Gestank zu suchen. Besser, einfach drauflloszutanzen, wie die andre es ihr geraten hatte. Florine schmiegte sich an ihre Partnerin, umschlang deren Oberkörper, dessen Muskeln sie unter dem leichten, feuchten Trikot spürte, als sei das Mädchen nackt, und dabei machte sie ebenfalls »Han! Han!« und stieß und schubste nach Kräften mit Schenkeln und Bauch.

Jetzt herrschten nur noch Lärm und Geschubse und Gestoße und versetzten sie in einen ruckenden, rüttelnden Rausch. Dieser Zustand dauerte eine ganze Weile an, dann war ihr, als würden die Blütenzweige auf den Tapeten blasser, als verliere die Musik an Intensität und der Tanz ringsum an Tobsucht. Florine hatte die Empfindung von Kälte und Grau in Grau. Sie überlegte, ob sie nicht etwa träume. Sie hatte Angst, alles sei nur ein Traum gewesen, sie fürchtete, im Wissen, daß sie in ihrem Traum träume, jener Traum werde binnen kurzem enden und sie erwachen, sie werde des Balls der Brasilianer verlustig gehen (ohne daß ihr auch nur die geheimnisvollen Brasilianer vorgestellt worden wären!). Wenn sie erwachte, mußte sie versuchen, noch tiefer in den Traum zurückzusinken und an seine Wirklichkeit zu glauben, sie mußte über ihre gegenwärtige Unsicherheit hinwegkommen. Also stieß sie ihr »Han! Han!« mit einer Heftigkeit hervor, die weit über das Übliche hinausging, was bei einer Tanzerei statthaft ist (die andre antwortete ihr genauso), und stieß wütend den Bauch gegen den (wie hart er war!) ihrer Partnerin; sie wollte durch die Brutalität der Empfindung zu innerlicher Ruhe, zum Frieden der Seele gelangen. »Han! Han ...!« Sofern ihr nicht vorher der Bauch platzte, sofern sie nicht den der andern eindrückte, würde sie vielleicht sogar vergessen, daß sie träumte.

Auch das Gesicht ihr gegenüber verwandelte sich. Es zog sich in die Länge und wurde mit seiner fettigen Blaufärbung, seinen kugelig hervorquellenden Augen, seinem dichten Haar, seiner niederhängenden Unterlippe noch pferdehafter. Als hätten die Stöße in ihren Körper eine Bresche gerammt, wich das Gesicht des Mädchens zurück, es schwankte ein wenig, mit einem Seemannsausdruck hätte man sagen können, es ›schlingere‹, obwohl Florine zwischen ihren Handflächen den noch immer harten Oberkörper spürte. Dann, als erlösche eine Lampe, schloß das Mädchen die Augen. Florine sah, wie sie tatsächlich in ihren Armen einschlief, und von diesem Augenblick an hörten sie alle beide auf, sich im gleichen Raum zu befinden. Wider ihren Wunsch und Willen konnte Florine nicht umhin, die Augen aufzuschlagen.
Abscheuliches Erwachen, bei Nacht, im Freien, und der Mond schien hell. Nicht in ihrem Bett, wo sich wiederzufinden sie vermeint hatte; sie war gefesselt, die Hände waren ihr eng auf dem Rücken zusammengebunden worden, und sie lag auf dem Boden eines schlecht federnden Wagens, den die Räder und die Unebenheiten des Bodens tanzen ließen (und das Holz ächzte: »Han ... Han ...«), während leere Kannen und Kisten aneinanderstießen, daß es wie Pauken- und Beckenschläge klang. Im Gezweig über der Landstraße heulte der Wind. Ein dicker Sack, in dem Kalk oder Gips sein mochte, stieß ihr bei jedem Rütteln gegen den Bauch. Zwei Männer, deren vulgäre, breite Schultern sie sich düster abheben sah, saßen auf dem Bock. Der eine hielt die Zügel; er schwieg, und der andere sagte nichts zu ihm. Wie mochten sie sie überrumpelt haben? Möglicherweise war ihr ein Rauschgift eingeflößt worden, denn wie hätte sie sonst in einen so wirren Schlaf fallen und so zögernd aufwachen

können, ohne die mindeste Erinnerung an das, was ihr geschehen war? Oder träumte sie etwa jetzt?
Sie schloß die Augen wieder, stieß aus Gewohnheit den Bauch gegen den Sack, hoffte dabei, sie werde aus dem üblen Traum herausfinden und endlich in ihrem Bett landen oder wieder in den Traum vom Ball eingehen und zu den Brasilianern zurückgelangen. Nein, sie brachte es nicht fertig, vielleicht hatte es ihr an Zeit dazu gefehlt, und nichts hatte sich verändert, als der Karren anhielt. Die beiden Männer luden ihren Körper an einem Graben ab, am Rand einer langen, durch einen Wald führenden Landstraße; ganz grade und leer zog sie sich hin, und sie legten den weiß im Mondschein schimmernden Sack neben sie. Sie banden sie nicht los; sie rührten sie nicht mehr an, als unbedingt nötig war. Die Sache schien im voraus verabredet worden zu sein; denn sie hörte die beiden kein einziges Wort sprechen. Sie sah, wie jeder von ihnen ein Messer hervorzog und es aufklappte; sie fühlte, wie die beiden Klingen zu gleicher Zeit in ihre linke und in ihre rechte Flanke eindrangen, wie sie wieder herausgezogen wurden, und dann hörte sie ihren Atem zwischen den Rippen hindurchpfeifen. ›Die Brasilianer?‹ dachte sie noch und biß die Lippen aufeinander, ehe sie sich entgleiten ließ und alles um sie herum taumelnd niederstürzte.

Trüber Spiegel

Für Georges Hénein

Unnützes, unnützes Land, wo die Frauen zu schwächlich sind, um unmittelbar geliebt zu werden.

Georges Hénein

Ein Mann mit erschreckendem Gesichtsausdruck ist in einem Park, den, wie es scheint, nur Statuen bevölkern, denn die Wärter haben seit langem die Gittertore geschlossen. Draußen sind Dunkelheit, ein langsam fließender Wasserlauf, stille Pappeln und in der Ferne das Meer. Der erschrekkend aussehende Mann sitzt auf der Einfassung eines Wasserbeckens in der Mitte eines Zypressenrondells und spricht zu einer Zuhörerschaft aus Stein, Gestalten von Nymphen und grotesken kleinen Scheusalen:

Als es wetterleuchtete am Abend, Kind, Anfang September, hattest du Angst in dem sehr alten Haus, in das ich dich hatte kommen lassen. Die Tage waren heiß in diesem Jahr; und es war am Abend des heißesten Tages dieses Herbstes. Vor jedem Donnerschlag funkelten durch die Löcher der Laden in einem hohen, grauen Spiegel zwei Augen auf, zwei sechszackige Sterne, legendäre Siegel, irdische Reste auch, Zeichen eines alten orientalischen Königs und jener, von der es heißt, sie sei die schönste aller schwarzen Frauen gewesen; sie war (vielleicht) auf langen, steinigen Wegen zu ihm gebracht worden.

Das Aufleuchten jener Sterne ließ, für die Dauer eines Blitzes, ein Bett in einem geräumigen Zimmer erkennen, ein Bett mit zerwühlten Laken. Draußen zerknitterte der Regen das Wasser des Kanals, in dem, so meinte ich, Unrat dahintrieb. Und du wimmertest, Kind, weil du fast nackt auf einem verschossenen Teppich vor einem aufgedeckten

Bett lagst, in einem alten Haus, das Blitz und Wind durchglitten.

Ich weiß nicht mehr, welches kleine Tier ich mit dem Bein berührt habe, und dabei warst du es, Kind, und keines von denen, die ich in meiner Bosheit statt deiner bei mir gewünscht hätte; einen Hund, den der Odem seines Herrn an ihn fesselt, eine Katze, deren Fell im Dunkel unter den Händen Funken sprüht wie unter einem Kamm. Welch boshafter Narr ich war! Ja ... Der Donner rollte in größerer Ferne, du schlüpftest über das Bett, zu mir hin, um einer Liebesbezeigung willen, die dir Freude bereitet (oder wiedergegeben) hätte. Dein Körper war feucht von Schweiß, auch dein kurzes Haar war feucht. Mir war, als sei ein Fischotter auf den Uferrand gestiegen (das nicht sehr hohe, sich kaum über den Fußboden erhebende Bett; es war, als befinde es sich fast in gleicher Höhe mit dem Wasser); als rufe er mich zu einer Verschmelzung wider die Natur, und ich würde klüglich handeln, wenn ich ihn abwiese. Aber war denn nicht ich es, der dich dort hingelockt hatte? Dabei lagen die Jahre des Hasses kaum hinter uns, die Mauern waren noch schwarz, vom Blei gezeichnet, und es schien, als bedeute es eine Einbuße an Lebenstrunkenheit, wenn man sich nicht grausam bezeige. Kurzum, ich sagte dir, es werde binnen kurzem stärker denn zuvor regnen, und du sollest dich schleunigst davonmachen, über die Brücke, über die du gekommen seist.

Brücke der Priester, Brücke der Hunde, Brücke der Löwenjungen, Brücke der anständigen Frau, Brücke der Brüste (wo ehedem Kurtisanen ihre hüllenlosen, geschminkten Busen zu Schau stellten, um auf diese Weise, wenn es sein könne, den Hang der jungen Herren zur Sodomie zu besiegen), Brücke der Würfel (und nicht des Glückswurfs),

Brücke der Fäuste (wo Männer miteinander kämpften, die Füße fest in ausgehöhlte Markierungen gestemmt), Brücke der Mörder, Brücke des Erbarmens, des Grabes ... Und Brücke Hunderter anderer oder mehr noch ... Stufen, die erst mit dem niedrigen Boden dieser Stadt enden; man konnte in kein Zimmer treten, ohne über Brücken geschritten zu sein wie die Ritter in den Hauptturm abenteuerlicher Burgen!

Nicht nur an einem Abend warst du zu mir gekommen, sondern mehrmals. Immer, wenn am Spätnachmittag die stagnierende oder wie ein Schleppnetz vom schweren Südwind gezogene Luft über die Kanäle eine Hitze breitete, die den Marmor umdunstete und feucht anlaufen ließ, warst du dem Ruf gefolgt. Ein zerlumpter Halbwüchsiger, der Sohn des Kohlenhändlers, war mein Sendbote, und er schritt würdevoll in den engen Gassen, die mehr Durchgänge als Straßen waren, einher, in der Hand eine große, blaßrosa Amaryllis, und die niederhängenden Blüten hatten einen scharfen, süßen Duft, der uns beide verwirrte, weil er dem deinen ähnlich war, Kind, wenn die Mandel deines weißen Bauchs auf unserm heimlichen Bett sich auftat. Ich wartete oben auf der Treppe auf dich; ich saß in einem imposanten Lehnsessel, mit gerührtem Herzen (glaube ich) und der Traurigkeit zuneigenden Gedanken. Es gab kein Licht außer dem, das durch einen dicken, granatroten Vorhang sikkern konnte. Gerade genug, um zwischen dem Geländer und der Wandverkleidung hindurchzufinden, um nicht an Laternen, Ketten, ein Messingrad zu stoßen, Reste eines alten, sicherlich untergegangenen Schiffes.

Der ebenfalls dunkle Wein stand in einer strohumflochtenen Flasche in meiner Reichweite am Boden. Oft trank ich ein ganzes Glas, und der bittere Geschmack des Mostes wilder Trauben stieg tief in meinen Körper hinab, während meine Gedanken, arme, dir dienende Mädchenkinder, sich trübten, und bis aus ich weiß nicht welcher Tiergrube der Schlaf der Mittagsstunde mit seinen kurzen, heftigen Traumbildern aufstieg. Ich gab für einen Augenblick nach, ich kam wieder zu Bewußtsein, erstaunt, mich anderswo zu befinden als unter magern, durchs Anzapfen ausgedörrten Pinien auf rostrotem Heidekraut, wo ich Milchlinge und die ersten Steinpilze hatte suchen wollen, die Herolde des Herbstes.

Dann kamst du; ich hörte die Schelle, dein Lachen schon an der Tür (die ein Druck meines Fingers auf einen Knopf aufspringen ließ), deine Schritte auf der knarrenden Treppe. Wir gingen in das fast lichtlose Schlafzimmer, denn die Visionen des träumerischen Sinnens lassen den Augen eine ungeheure Empfindlichkeit zuteil werden, und selbst um den Preis eines Glücks, das du (vielleicht) empfunden hättest, indem du dich mir zeigtest, hätte ich nicht gestattet, die von Sternen durchbohrten Laden zu öffnen. Sie waren natürlich mit einem dünnen Gitterwerk versehen. Alles, was dem Abschließen dient, war auf diesen durch Mücken gefährdeten Lagunen sehr sorgsam gefertigt worden.

Abgestreifte Kleidungsstücke, ein kleiner, kugelig zusammengeballter Rock unter dem harten Stuhl, an dem ich mich vorbeitastete, hingeworfene Schuhe, über die ich stolperte, warum davon sprechen? In diesen Erinnerungen ist nichts, was nicht allen Männern vertraut wäre. Aber daß die Zeit hinging und so rasch in den Grund des Spiegels eingescharrt wurde, des durch die feuchte Luft und das Salz seit länger als einem Jahrhundert getrübten Spiegels, der vor dem Bett stand und den wir nicht sehen konnten, es sei denn verschwommen, eine Art vertikalen Teichs gegenüber unserer

Paarung: dessen will ich mich erinnern; denn es wohnte diesem ›Verlorengehen‹ der Zeit in dem antiken Amalgam, während wir schrille Lüste abhaspelten, etwas Schmerzliches inne, das sicherlich ich dem Liebesvollzug hinzufügte. Bedeutsam ist auch der Umstand (obwohl daran an sehr heißen Tagen nichts Ungewöhnliches ist), daß bei keinem unserer Beieinander der Donner aussetzte. Und die brennenden Blicke, die uns der von den Blitzen draußen erhellte Spiegel zuwarf, waren sie nicht wie die Spuren von Geschossen oder wie die Signallampen auf der Scheibe einer Jahrmarktschießbude, die verschwundenen, schwindelnden Augenblicke, die in der düstern Zinnfläche wieder auftauchten?

Daß ich deine Ängste genoß, Kind, und vielleicht sogar deine Tränen, das leugne ich nicht (leugnen, gestehen, das sind Wörter, die ich in meinem Leben nicht gebraucht haben möchte; ich habe mich stets so unabhängig von Richtern gefühlt wie ein im Himmel schwebender Milan!). Ja, es tat mir wohl, daß du preisgegeben wurdest. Ich habe eine bizarre, starke Neigung für alles, was preisgegeben ist, für das, was vor allem am Abend sich in höchster Not befindet, wie für die kleinen angeschwemmten Dinge am Saum der Dammerde, die auf dem Sand liegen, wo die Flut sie bedroht, und die ich einstmals gesammelt habe. Aber jener Hang ermangelt nicht einer gewissen Zärtlichkeit, und ich weiß, daß ich keiner Liebe fähig bin, deren Teil sie nicht bildet. Die dumme Bosheit, deren ich mich anklage, ist etwas anderes.

Meine Schuld, die eigentliche, bestand darin, daß ich dich allein fortgehen ließ, als du Angst hattest und als in der Ferne noch das Gewitter grollte; daß ich dich sogar zwang, zu gehen, bevor du dich beruhigt hattest. Wie habe ich das tun können? Es wäre so einfach und ich wäre es zufrieden gewesen, dich zu beschwichtigen oder dich bei mir zu behalten, und hätte ich nicht statt deiner jene Art vom Wasser geglätteter Katze zu sehen vermeint, die feuchte, ekelerregende Marderschnauze ... Narr, der ich im Grunde war – ich sage es noch einmal!

Unmittelbar nach deinem Gehen verschwand die Bildvorstellung des beunruhigenden Tieres (die eines Kopfes mit kleinen, rundlichen Ohren; denn was das Körperliche betrifft, so hatte meine Vision nichts erzeugt, dessen ich mich erinnern könnte), und ich gewahrte wieder unter der schwarzen Franse das schöne Gesicht meines Kindes, die großen, schwarzen Augen derer, die ich verrückt genug gewesen war, nicht bei mir zu behalten. Ich lief im Dunkeln ans Fenster; ich machte die Laden auf, ich fuchtelte mit den Händen und stieß Rufe aus. Aber es waren nur Unbekannte da und schauten neugierig zu mir hin, von der andern Seite der Brücke aus, von den Türen einer Schenke, und der Lärm, den die Zecher vollführten, beeinträchtigte die Tragkraft meiner Stimme. Eine Reihe von hintereinandergehenden Leuten kam aus dem gewundenen Gäßchen heraus, eine andere schob sich hinein; du mußtest schon weit sein.

Da habe ich mich in aller Hast angekleidet; ich war urplötzlich so unglücklich, wie ich nie für möglich gehalten hätte, daß ich es hätte sein können. Ich zog einen schwarzen Anzug an, auch ein schwarzes Hemd, ohne zu bedenken, daß mein Aussehen für die Augen der Einwohner eine hassenswerte Vergangenheit wiederbeleben könne; ich band keinen Schlips um und stürzte aus dem Haus wie ein Geistesgestörter.

Es dunkelte. Die Stadtgegend war armselig. Lichter zitterten in den Schaufenstern der Gemüsehändler an beiden Seiten der Straßen, die so schmal waren, daß man bei strömendem Regen gerade noch mit offenem Schirm hindurchgehen konnte wie im Traum und daß zwei entschlossene Männer mit Leichtigkeit einer Menschenmenge den Durchgang zu versperren vermocht hätten. Auf dem Pflaster waren Lachen zurückgeblieben, die langsam nach den verstopften Rinnsteinen hin abliefen, und die Leute umgingen sie sorglich; ich aber rannte und achtete nicht darauf, wohin meine Füße traten; ich bespritzte mich mit Schmutz, bespritzte die andern und hörte, daß mir, dem Volksfeind, hinterhergeflucht wurde. Mich kümmerte das nur wenig; ich war ja auf der Suche nach meinem verlorenen Kind.

Sehr lange lief ich durch die kleinen Gassen dieser Stadt, deren Grundriß um ihres hohen Alters, um der Inseln, auf denen sie erbaut wurde, und um der sich in ihr kreuzenden Kanäle willen der eines Labyrinths ist. Ich stieg die Treppen der unzähligen Brücken hinauf und hinab, die niemals dem Rad (und keiner von diesem abhängigen Maschine und nicht einmal einer schlichten Schubkarre) das Eindringen in die Stadt erlaubt haben; ich glitt auf Stufen aus, die der Regen blank gewaschen hatte. Nirgendwo auf den paar Wegen, die du für gewöhnlich einschlägst und die ich nach allen Richtungen hin durchsuchte, gewahrte ich die Gestalt, die meinen Augen eingefugt war wie das Wunschtraumbild einer Märchenfee, die man bittet, endlich Frau zu werden und zu einem zu kommen. Ich ging in die Schlupfstätten der Trinker (es gibt deren viele in einer Stadt, die die rühmlichsten Zecher der Welt birgt), wo du dich vielleicht mit Leib und Seele hattest zugrunde richten wollen; aber die düstere Kleidung, die ich trug, machte mich zum Gegenstand des Abscheus, und ich mußte nur zu bald entweichen, gefolgt von Spottworten und Schimpfreden, froh, wenn kein Glas neben meinem Kopf an den hölzernen Laden zerschellte.

Wie fern lag mir meine Bosheit in jenen Augenblicken, da ich mich als einen blöden Rohling bezeichnete!

Verzweifelt (denn ich hatte die dunkle Empfindung, du seiest nicht heimgegangen) schellte ich dort, wo ich wußte, daß du wohntest, an der Tür; es war ein trauriges Haus, und du hattest nie gewollt, daß du von dort abgeholt werdest. Nach einer Weile traten zwei alte Frauen, und dabei waren es Mutter und Tochter, in einen winzigen, von Efeu überwucherten Vorgarten. Ohne sie aufzumachen, blieben sie hinter der Gittertür stehen und stellten mir absonderliche Fragen. Sie schwatzten unsinniges Zeug, ich hielt sie für geisteskrank; dann jagten sie mich davon und drohten, die Polizei zu rufen.

Ich irrte umher. Aus einem Fenster wurde, als ich darunter vorbeiging, ein Krug stinkenden Wassers entleert, dem ich nur zum Teil ausweichen konnte. Kinder liefen mir nach und schrien in einem Jargon, der mir unverständlich war. Ich machte mich auf Steinwürfe gefaßt, aber offenbar fehlte es ihnen an Wurfgeschossen.

Später gelangte ich an die Grenzen der Stadt, und die werden nach allen Seiten hin durch das Meer gebildet (zumindest durch die Wasser der Lagunen, wenn schon nicht durch die lebendige, offene Weite). Unaussprechliche Müdigkeit lastete auf mir. Auf dem Kai, den ich mühselig entlangging und der der Nacht und der Entfernung von der Stadtmitte wegen leer war, gewahrte ich eine Frau, die auf irgend etwas wartete; sie saß auf einem der großen, schmiedeeisernen Haken, die beim Anlegen benutzt und ›Bätinge‹ genannt werden. Eine Frau, die meinem geliebten Kind ähnelte, aber es nicht war – die dir, Kind, ähnelte, wie du auf einem Foto aussiehst, das ich besitze und das einmal aufgenommen worden ist, als du Kleid und Schal einer Urahne angelegt hattest, um zu einem Kostümfest zu gehen. Jene Frau trug ein schwarzes, ihr bis zu den Fußgelenken niederfallendes Seidenkleid mit langen, seltsam bestickten Ärmeln und über dem Kopf ein großes Tuch, wie es ehedem Brauch war. Zu ihren Füßen stand eine Laterne, und zwar so, daß deren ganzes Licht, soweit es möglich war, ihre Gestalt beleuchtete. Da gewahrte ich, daß ihr Gesicht dem deinen, mein verlorenes Kind, so sehr ähnelte, wie es die Natur nur selten gewährt, und ich trat zu ihr hin.

Sie hob die Laterne, ließ den Lichtschein auf mich fallen und musterte mich mit teilnehmender Miene, doch nicht ohne Überraschung. Ich möchte sagen, daß ihre Verdutztheit sich der meinen anglich, wenn nicht ihr entsprach. Wir befanden uns beide in einem Zustand des Rausches, einem Zustand des geteilten Wahnsinns, wie er nächtlichen Begegnungen eigentümlich ist und der zwischen zwei Menschenwesen, zwischen Mann und Frau, etwas wie eine feurige Bindung auflodern läßt, die um so heftiger flammt, je mehr sie beide im Elend und von Kräften sind, je mehr mit den Nerven herunter, je mehr heimgesucht von einem absurden, rachsüchtigen Schicksal. In jenem Zustand befand ich mich, der ich an jemanden dachte, den ich nicht mehr besaß, und in der traurigen Müdigkeit jener Frau glaubte ich meine eigene Trauer und Erschöpfung wahrzunehmen; sie spiegelte sich im Spiegel dieses schönen Gesichts, das dem deinen geschwisterlich glich, mein Kind. Sie sagte das Wort ›Schwarzhemd‹, aber es hatte durchaus nicht den Anschein, als spreche sie zu einem Verstoßenen, als der ich, wie mir geschienen, um meiner Kleidung willen in den Augen der

andern gegolten hatte. Ihre Stimme unterschied sich von der deinen durch eine gewisse Brüchigkeit; sie konnte vom Alter oder vom Unglück herrühren.
Das Scholken der See wiegte weich ein Boot mit so dunklem Rumpf, daß ich es im ersten Augenblick nicht gesehen hatte, und die Frau hieß mich (als handle es sich um eine seit sehr langer Zeit angenommene Aufforderung) hineinsteigen und sagte, sie werde mit mir kommen. Angesichts einer Schifferin habe ich stets an die Todesgottheit denken müssen, wohingegen in meiner Vorstellung die Schiffer heitere Freudengefährten sind. Warum das? Ich könnte es nicht erklären, aber es ist, sei es aus Laune oder aus Offenbarung, so in meinen Begriffsfächern angeordnet. ›Meine Geliebte muß von dieser Welt abgeschieden sein‹, dachte ich, und daß es die Todesgottheit sei, die mich mit ihren Zügen an den Grenzen der Stadt erwartet habe, in dem langen Kleid der Urahne, das mein Kind früher einmal für ein Kostümfest angelegt hatte. Ich gedachte deines Lachens, das inmitten der Masken hell aufgeklungen war und das ich sicherlich nie wieder hören würde. ›Ist es der Tod‹, dachte ich, ›der deine Gestalt und deine Gewandung angenommen hat, um mich zu dir zu führen, so sei er willkommen; eine bessere Begegnung bei Nacht auf diesem Kai, mit dem die Stadt endet, ist undenkbar.‹
Ohne lange zu schwanken, setzte ich den Fuß in das Boot. Die Frau löste hastig die Vertäuung und folgte mir ungeachtet des langen Kleides mit einem behenden Sprung. Ein Mann trat aus dem Ruderhaus heraus, auch er gänzlich in Schwarz, warf den Motor an, indem er an einer Schnur zog, und das Boot glitt vom Ufer weg.
Wir saßen auf Roßhaarkissen, die mit Samt von dunkelstem Farbton bezogen waren, aber abgescheuert, allen Glanzes

bär. Der Teppich unter unsern Füßen bestand aus demselben Stoff. Die Bordwände waren von der gleichen Farbe wie alles übrige; sie trugen ein Streumuster von kleinen, Tränen zeichnenden Nägeln; ich konnte nicht umhin, dieses Trauerschmuckwerk mit den Jettmotiven auf Kragen und Ärmeln der Frau zu vergleichen, und beides bot gleichermaßen einen unangenehmen Anblick. Auf der Motorhaube bäumte sich ein silbernes Pferd, im wahrsten Sinne des Wortes ein Fabeltier in einer Stadt, in der weder sein Schritt noch sein Wiehern je gehallt haben und in die es nur als Kadaver hineingelangt, in mindere Metzgereien, aber wo es in vier Exemplaren aus prächtig vergoldeter Bronze das Portal des Doms beherrscht, angesichts des Platzes, auf dem das Volk sich versammelt. Das mythische, geheiligte Tier war nicht angetan, mich ruhig zu stimmen. O nein ... Andre Einzelheiten im barocken Begräbnisstil boten sich meinem Blick dar. Ich vermeinte – und Entsetzen packte mich –, ich sei an Bord eines Leichenbestattungsbootes gelangt, das wahrscheinlich zu einem nachmittäglichen Trauergeleit nach dem Friedhof auf der Glasbläserinsel gehört habe, und daß die Frau mit den verstörten Augen und dem mit Tränen bestickten Gewand wenn nicht der Gestalt gewordene Tod, so doch ein berufsmäßiges Klageweib sein müsse. Dennoch war sie dein treffendes Abbild, mein geliebtes Kind, nur verbraucht von Jahren, die dich nicht würden überkommen können, da du, wie ich fürchtete, nicht mehr am Leben warst.

Der Mond war noch nicht aufgegangen; es durchzuckte mich der Gedanke, daß ich ihn vielleicht nie wiedersehen würde, geschweige denn die Sonne. Wir fuhren auf das Festland zu, mit sehr hoher Geschwindigkeit, durchs Dunkel, auf einem schmalen, durch Leuchbojen gekennzeichneten Fahrwasser. Der Himmel wurde von Telegrafen- und Telefondrähten durchritzt, von Hochspannungskabeln an den Rahen der Aluminiumpfeiler, und all das funkelte phantastisch in den Strahlen weißer, roter und grüner Leuchtfeuer, die überall von einem Ufer der Lagune zum andern zwinkerten. Lampenketten umspannten neuerrichtete Petroleumtanks mit schneeigem Glanz. Die Sterne waren kaum zu sehen.

Ich wandte mich der Frau zu, getrieben von jähem Verlangen, mich jemandem anzuvertrauen. Ich sagte ihr, wie traurig ich sei und daß ich mich ihr angeschlossen hätte, weil sie in ihrer Verlassenheit dem sehr geliebten Kind geähnelt habe, das ich in seiner Angst vor dem Gewitter enttäuscht, dem Kind, das ich gemeinerweise aus dem Zimmer getrieben hätte, ohne zu wissen, weshalb, noch auf die Einflüsterung welchen Dämons hin, und das ich den ganzen Abend lang vergebens in den Straßen der Stadt gesucht. Ehrlich gestand ich ihr meine innere Not ein. Und sie möge mich um Gottes willen nicht als Feind behandeln, wie es mir an diesem Abend überall geschehen sei. Sie antwortete mir ohne Feindseligkeit, aber so seltsam, daß es mich große Mühe kostete, mich an ihre irren Reden zu gewöhnen.

Schließlich glaubte ich zu verstehen, daß sie wie auch der Steuermann in der düstern Tracht (ich sah im Ruderhaus seinen Rücken) zu einer Sekte gehörten, die sich aus ehemaligen Parteigängern des gestürzten Regimes zusammensetzte; voll sehnsüchtigen Rückverlangens trügen sie abends immer ihre Tracht von ehedem, um die Gegenwart zu vergessen oder sie insgeheim bei nächtlichen Zeremonien zu verhöhnen, und sie hätten mich beide meiner Kleidung wegen für einen Sektierer gehalten, den sie zum Ort der Zusammenkunft bringen sollten. Es werde, so sagte sie, in einem dem Verfall preisgegebenen Park ein Feuer angezündet; man nehme einander bei der Hand und bilde Kreise von Männern und Frauen in schwarzen Uniformen, Kreise, die im entgegengesetzten Sinn des Uhrzeigers tanzten und so, in der Berauschtheit durch die Flammen und das Umherwirbeln, die abgeschaffte Vergangenheit wiederfänden. Ich sei zu dieser Gedächtnisfeier geladen, da die Gegenwart mich verletzt habe und ich an der Zukunft verzweifelte. Trüge ich nicht überdies die Kleidung der Sektierer?

In das Vergangene zurückzukehren – ach, wäre das möglich gewesen, so wäre ich freudig zu ihrem Fest geeilt … An welchem Derwischtanz hätte ich nicht teilgenommen, an welcher Drehkrankheit irrsinnig gewordener Ziegen, um meine Bosheit auszulöschen! Ich stellte mir vor, ich sei am frühen Abend heimgekommen, ich befände mich wieder beim ersten Donnerschlag mit dir in meinem Zimmer, ich haschte nach deinem offenen Mund und streichelte dein Haar. Dann habe ich schmerzlich geweint, ohne noch darauf zu achten, wohin wir fuhren.

Als wir am Ziel angelangt waren (wo wohl? Ich erinnere mich eines Kanals, unbeleuchteter Häuser) und als wir, nach dem Landen, durch die Bresche einer unter Brombeerranken begrabenen Mauer eingedrungen waren, standen hohe Bäume da und verschmolzen mit der Weichheit der Nacht. Meine Gefährten schlugen eine Zypressenallee ein, ich eine andre, in entgegengesetzter Richtung verlaufende, und dann habe ich vor einer stillen Wasserfläche innegehalten und gefleht (aber zu wem?), es möge mir vergönnt sein, darin neben dem meinen das schöne Antlitz meines verlorenen Kindes zu erblicken.

Der furchtbare Mann verstummt, denn der über dem Zypressenrondell erschienene Mond streut wirres Licht aus, und er erbickt sein Spiegelbild im schwarzen Wasser des Beckens inmitten weißer Gestalten, die nichts sind als nackte Göttinnen und spottende Zwerge.

Die Steinhetären

Für Octavio Paz

Ich will ihr Geheimnis enthüllen: bei Tag ist sie ein Stein am Wegrand; bei Nacht ein Bach, der die Flanken des Mannes umspült.

Octavio Paz

Es friert zum Steinerweichen – diese kleine Redensart hatte sich in Pascal Bénins Gehirn eingenistet, seit er die letzten Häuser der Vorstadt hinter sich gelassen hatte, und als er, um davon loszukommen, sich zwang, an den Ofen in seinem Zimmer zu denken oder an die Schulwandtafel, an widerborstige Kinder und an das Kratzen der Kreide auf der (imitierten) Schieferfläche, erlangte er jedesmal nur einen unbedeutenden Aufschub. Nach einer Minute oder zweien oder nach etwa hundert Schritten kehrten die Worte wieder, zerfetzten die matter gewordene Bildvorstellung und verketteten sich alsdann zu der immer gleichen, tyrannischen Anordnung. Der Herr Lehrer (mit diesem Titel wurde er angeredet, wenn er einen Bekannten traf) machte sich deswegen nur geringe Sorgen; der Satz schien ihm nichts zu enthalten, was hätte Argwohn erwecken können, und er hatte jenes Phänomen bereits häufig an sich wahrgenommen: eine Art Spalt in der Willenskraft, durch den lästige Wörter gleich Fremdkörpern ins Bewußtsein eindringen. Er ging mitten auf der Landstraße; seine eisenbeschlagenen Schuhsohlen hallten darauf wider.

Als er an einem Steinhaufen vorbeikam (es waren Feuersteinknollen, die es in dieser Gegend im Überfluß gab; sie durchädern den Mergeluntergrund und werden zur Beschotterung benutzt), erscholl daraus ein ziemlich schriller Schrei; er unterschied sich nicht allzusehr von dem schon früher mehrmals vernommenen Geräusch, das entsteht, wenn die dicke Kristallschicht eines Feuersteinbrockens zerspringt. Der Schrei war von unten her gekommen, dem Anschein nach aus einem runden Kiesel, der etwas größer als eine Billardkugel und von dem Haufen weg in den Halbmond des freien Raums gerollt war. Pascal hob ihn auf; der Stein war zu leicht, um nicht hohl zu sein. Als er ihn in der Hand hin und her wandte, sah er, daß der Stein ringsum einen fast kreisförmigen Sprung aufwies; doch seine in Wollhandschuhen steckenden Finger mühten sich vergebens, die beiden Hälften auseinanderzubrechen; so schob er denn die kleine Kugel in die Tasche, um sie in aller Gemächlichkeit zu untersuchen, wenn er daheim wäre.

Ein paar Meter vor dem Wanderer flogen Raben auf; augenscheinlich hielten sie ihn für harmlos, da er keine Feuerwaffe trug. Vor dem grauen Himmel zeichneten ihre Flügel große M mit gespreizten Schenkeln ab, die Umkehrung des W von *evviva*, das abgekürzte Schriftzeichen für *a morte!*, wie man es, an unterschiedliche Adressaten gerichtet, in Italien mit Holzkohlestückchen an die Hausmauern gekritzelt sieht. Bénin schritt schneller aus; nicht, daß jene Zeichen am Himmel ihn beunruhigt hätten; sie sind etwas Alltägliches und hatten sich bei jedem seiner langen, winterlichen Gänge gezeigt; es hatte sich vielmehr ein scharfer Wind erhoben und peitschte ihm das Gesicht, und also war er eilig darauf bedacht, unter Dach und Fach zu kommen.

Der Kragen seines Mantels – den hatte er mit eigener Hand länger gemacht – schob sich ihm bis über die Nasenflügel, und das Kleidungsstück reichte ihm fast bis auf die Fußgelenke hinab; überdies ermöglichten ebenfalls von ihm selbst angenähte zusätzliche Knöpfe ein enges Schließen; es ließ ihn aussehen wie eine chinesische Dame, mit dem Unterschied freilich, daß er unten nicht zusammengeschnürt war und beim Gehen die Beine ausstrecken konnte. In diesem schwarzen, vom langen Tragen blankgescheuerten Mantel strafte Pascal Bénin, der groß und sehr mager war, nicht den Spitznamen ›Ofenrohr‹ Lügen, den die Kinder der Gemeindeschule von einem Jahr zum nächsten einander weitergaben. Ein Hut von derselben Farbe, dessen Kopfteil er ein wenig einkniffte, steigerte die Ähnlichkeit und das Lächerliche noch.

Indessen klapperte er ungeachtet seiner enganliegenden Ausstaffierung vor Kälte, als er vor seiner Haustür angelangt war; denn während seines Heimwegs war der Wind noch heftiger geworden. Die Telegrafendrähte gaben einen ebenso hohen Ton von sich wie Alarmsirenen.

Der Ofen in seinem Zimmer war nicht ausgegangen. Erfreut stellte der Lehrer fest, daß hinter der Glimmerscheibe noch Glut war; er vergaß, daß das Gerät ihn zu andern Malen geärgert hatte, des Blechzusatzes wegen, der, durch dünne Ketten gehalten, in einem Loch in der Zimmerdecke endete. Wenn es unter den vielerlei Kränkungen etwas gab, das er seinen Schülern nie verzeihen würde, so war es der abscheuliche Spitzname, den sie ihm angehängt hatten. Da die Temperatur angenehm war, knöpfte er seinen Mantel auf, und da erinnerte ein ungewohntes Gewicht und die Ausbauchung einer Tasche ihn an seinen Fund.

»Aha!« sagte er (in seiner Einsamkeit laut zu denken war nicht die geringste seiner Absonderlichkeiten), »der Stein, den die Wissenschaftler eine ›Geode‹ nennen ... Den wollen wir uns mal genauer ansehen.«

Und er legte den runden Stein auf seinen Nachttisch; der stand so nah am Ofen, daß die Marmorplatte lauwarm war, und der Stein stieß abermals einen Schrei aus, und jener Schrei war keinesfalls ein Knacken.

Der Schulmeister war erschrocken oder überrascht zurückgefahren; dann sammelte er (wie man so sagt) seine Gedanken und holte sein Schweizer Messer. Messer dieser Art sind am Griff mit einem Kreuz gezeichnet und überaus fest, obwohl sie häufig nicht aus der Schweiz stammen, und das Messer Pascal Bénins hielt wacker stand. Wäre es zerbrochen, so wäre der Mann möglicherweise davongekommen; aber es stand irgendwo geschrieben, es war wohl an irgendeiner Stätte beschlossen worden, daß es um ihn geschehen sein solle. Bénin steckte die größte Klinge in den Riß des Steins, drückte tüchtig und zerspaltete ihn in zwei Stücke.

Das Innere bildete eine Höhlung, die mit schönen, violetten, etwas trüben Prismen bekleidet (oder vielmehr: gespickt) war, ganz gewöhnlichen Amethystkristallen. In der einen Halbkugel befanden sich drei kleine, rote Wesen, Frauen oder Mädchen, hübsch wie die reizendsten oder aufreizendsten unter denen, die sich auf Kabarettbühnen zur Schau stellen, aber höchstens so groß wie die kürzesten Wachsstreichhölzer.

Einigermaßen verwundert drehte der Schulmeister die Schale um, in der sie sich verbargen, und klopfte mit dem Finger behutsam an den Rand, damit sie den Fuß auf den Boden setzten, das heißt auf die Nachttischplatte kämen. Ihre Haut war von der Farbe reifer Johannisbeeren und so durchsichtig, daß das Skelett ein wenig zu sehen war; ihr sehr glattes Kopfhaar war ebenso schwarz wie das krause, dichte der Achselhöhlen und der Scham. Zwei von ihnen weinten und breiteten sich das lange Haar über die Körper, als schämten sie sich ihrer Nacktheit. Die andere dagegen, die ihre Gefährtinnen um etwa einen Zentimeter überragte und einen schweren Haarknoten trug, reckte sich voller Anmaßung vor dem Lehrer auf, und während sie, die Hände im Nacken verschränkt, um sich besser zur Geltung zu bringen, stehen blieb, sah er, daß sie üppige Formen besaß, so daß man ein Kapaun hätte sein müssen, wenn es einem nicht durch und durch gegangen wäre. Aber trotz seiner Begierde wagte er nicht, sie anzurühren; denn von ihrem köstlichen, winzigen Körper ging etwas Tückisches aus, wie bei gewissen Reptilen oder gewissen giftigen Insekten.

»Puellae sumus, quae vocamur lapidariae, sorores infaustae, ancillae paniscorum. Natae sumus sub sole nigro ...«

Als er sie sprechen hörte, machte er große Augen, verdutzt ob der Entdeckung, daß die Tücke dieser jungen Schlange solar sein, antik, mittelmeerisch, der Barbarei der letzten Jahrhunderte des Heidentums verwandt. Sie hatte Latein (der Verfallszeit) gesprochen, und das verstand er schlecht; es hatte seiner äußersten Aufmerksamheit bedurft, damit ihm nichts von ihrer Ansprache entging; sie war in einem Flötenton gesprochen worden, der dem Ohr angenehm, wenngleich sehr leise war und der einem um seiner infrahumanen Eigenart willen betroffen machte.

»Nudae sumus egressae ex utero magnae matris nostrae, et nudae revertamur illuc.«

Von welcher Riesin mochte die Rede sein, aus deren Bauch, wie Immen aus dem Loch eines Bienenkorbs, diese drei kleinen Geschöpfe herausgekommen waren (um eines Tages wieder hineinzuschlüpfen), in derselben Nacktheit, in der er jene dort sich auf der Marmorplatte des Nachttisches spreizen sah? War dies Delirium oder Rhetorik? Zum erstenmal in seinem Dasein schmähte er die edlen Formen der Sprache; wünschte er, eine ungeschminkte Redeweise zu vernehmen, den plumpen Jargon der Halbwüchsigen, wenn sie sich nach der Schule im Davonlaufen über ihn lustig machten.

Seine Gesprächspartnerin (sofern ein Mann von ein Meter siebenundachtzig sich dieses Ausdrucks in Hinblick auf ein Wesen von nicht fünf Zentimeter Größe bedienen darf) redete noch immer. Bis in alle Einzelheiten, obwohl in leidlich ungenauen Wendungen, erzählte sie ihm, sie und ihre Schwestern gehörten alle drei zu jener Art Mädchen, die man (aber wer mochte jener ›man‹ sein?) ›Steinhetären‹ nenne; seit fast zweitausend Jahren seien sie in dieser Geode eingeschlossen, in die sie damals geeilt waren zu der Stunde, da unter den (oder durch die) Strahlen einer schwarzen Sonne kein Dunkel herrschte. Es war ein bedenkliches Kauderwelsch, indessen so überzeugenden Tones vorgebracht (und die Schwatzende bot ihm ihre winzige Nacktheit dabei so nachdrücklich dar), daß darin unschwer einiges Wahre enthalten sein mußte. Sie sagte auch noch, durch seine Schuld, da er in seiner Dummheit die Kruste ihrer kleinen Welt aufgebrochen habe, müßten sie sterben; aber die Emanation der Atmosphäre im Innern einer Geode, die ›Steinhetären‹ geborgen habe, sei tödlich für die Menschen der großen Gattung, und deshalb werde auch er sterben, spätestens vierundzwanzig Stunden nach ihnen.

Als sie mit ihrer Ansprache fertig war, gähnte sie wollüstig dem Schulmeister mitten ins Gesicht, ohne etwas von ihrem scharlachroten Schnäuzchen zu verbergen; dann hob sie die Arme, verharrte ein paar Augenblicke lang auf den Zehenspitzen und reckte sich. Die beiden andern traten neben sie; das Beispiel der Schwester hatte wohl ihre Schüchternheit hinschwinden lassen, denn ihr Haar hing ihnen jetzt über den Rücken hinab, und sie stellten tapfer zur Schau, was sie eben noch hatten verbergen wollen. Sie waren ebenso alt

wie ihre Schwester (an die zweitausend Jahre, wenn den lateinischen Worten Glauben geschenkt werden durfte), indessen weniger entwickelt als diese; ihre Achselhaare schimmerten stumpfer, und ihre Brüste waren von der ein wenig lilienhaften Anmut, wie man sie nur bei sehr jungen Mädchen wahrnimmt.
Mit ineinander verschränkten Händen bildete das Trio erst einen Kreis und alsdann mit ausgestreckten Armen ein Dreieck. Das war der Anfang eines ruckhaften Tanzes (wie der von Püppchen auf dem Deckel einer Spieldose); er zeichnete Figuren, die ebenso schnell abgebrochen wie gestaltet wurden, aber von einer so strengen Geometrie waren, daß dieser Tanz den Lehrer fesselte; er hätte ihn sicher in den Zustand der Hypnose versetzt, wenn er länger angedauert hätte. Zur Begleitung ihrer Tanzschritte sangen die Schwestern wiederum lateinische Sätze; sie sangen mit zornigen, dumpfen Stimmen, wie es die Dienstboten und Kurtisanen hinter den Eisenstangen vergitterter Fenster tun, wie es Frauen im Gefängnis tun würden, herrschte nicht Schweigegebot. Während sie sangen, wurde ihre Körperfarbe auf seltsame Weise leuchtender; sie gedieh zum hellen Rot der Kohlenglut, wenn das Feuer gut im Gang ist, und dann bildete sich bei einer nach der andern eine kurze Flamme, die die drei Tänzerinnen verzehrte.
Ein paar Fingerspitzen voll Asche, wie ein nachlässigerweise nicht ausgedrückter Zigarettenstummel sie hinterläßt, deuteten auf der Marmorplatte spärlich die Stellen an, wo sie verschwunden waren. Pascal Bénin fiel die vernommene Rede ein, und sein erster Gedanke war, daß es ihnen in diesem reduzierten Zustand schwerfallen würde, nackt in den Schoß ihrer ›großen Mutter‹ heimzukehren, sofern diese nicht einfach die Natur war, wie die Große Göttin Asiens,

oder auch eine (weibliche) Personifikation des Elementarfeuers; und in beiden Fällen dünkte ihn dennoch das Wort allzu unzulänglich, als daß seine Anwendung nicht irreführend gewesen wäre.

Gedankenlos, aber sorgfältig (diese beiden Wörter sind nicht so unvereinbar, wie zu glauben man geneigt sein könnte) sammelte er die Asche in einem zusammengeknifften Stück Papier und schüttete dessen Inhalt auf die Amethystkristalle, dorthin, wo er die ›Steinhetären‹ zum erstenmal gewahrt hatte. Er hielt die beiden Hälften der Geode aneinander und versicherte sich, daß kein Bruchstück fehle. Da er ein Bastler war und seinen Spaß daran hatte, die Scherben von zerbrochenen Spiegeln und Tellern zu fährdevollen Konstruktionen wieder zusammenzufügen, nahm er eine Tube mit einem gewissen Klebstoff und klebte die beiden Bruchränder aneinander. Etwas von der Masse war herausgequollen; er kratzte es mit dem Fingernagel ab und drückte das Ganze fest zusammen, damit die Reparatur vollkommen sei. Danach machte er das Fenster auf und legte die Geode auf die äußere Bank.

Draußen hatte der Wind sich beschwichtigt; dennoch hatte der Frost nichts von seiner Bissigkeit eingebüßt. In der trockenen Luft erklangen Hammerschläge mit eisigem Widerhall. Die dicht am Horizont stehende Sonne war annähernd schwefelfarben, wie Gasflammen gegen Ende der Nacht, wenn der Druck nachläßt. Pascal Bénin machte das Fenster schleunigst wieder zu und ließ einen mißtrauischen Blick durch das Zimmer schweifen: alles innerhalb der mit armseligen Bildern geschmückten vier Wände wies die gewohnte Ordnung auf. Da überlegte er, ob er nicht nach dem Heimkommen ein paar Minuten geschlafen habe, ob er nicht das Opfer eines boshaften Traums gewesen sei; aber

sein Bett war unberührt, und die reparierte Geode lag auf der schmalen Steinbrüstung an der andern Seite der Fensterscheibe; er wußte ganz genau: wenn er sie wieder zur Hand nähme und nochmals aufbräche, würde auf den violetten Kristallen ein Häuflein Asche zum Vorschein kommen.
Vielleicht hatte er lateinische Worte zu hören geglaubt, oder aber, wenn das kleine rote Scheusal wirklich gesprochen haben sollte, hatte er die Bedeutung vielleicht nicht richtig erfaßt, denn ein Volksschullehrer, der früher einmal die Rudimente des Lateinischen gelernt hat und nicht vergeßlich ist, besitzt auf diesem Gebiet ein weit geringeres Wissen als der dümmste Landpfarrer.

›Der Pfarrer hätte den verdammten Stein auflesen müssen ...‹, sagte sich Pascal Bénin und warf sich völlig angekleidet aufs Bett. Er schloß die Augen; allein es gelang ihm nicht, sich zu entspannen. Wozu wäre ihm überdies ein Ausruhen nütze gewesen, da er ja doch liegenbleiben mußte, ohne je wieder aufzustehen, bis zu dem nahen Augenblick seines Abscheidens?

Rodogune

Für Pierre Klossowski

... Ein großer Hirsch, weiß wie Schnee, trennte Aktäon von der Gottheit; und der geweihbewehrte König deckt den Rücken der Göttin der Wälder und tritt in sein Reich ein.

Pierre Klossowski

Seit in den Salinen nicht mehr gearbeitet wird, kann jeder die verlassenen Schuppen betreten. Die Türen schließen nicht; es gibt nichts, was gestohlen werden könnte (oder vielleicht ist schon alles gestohlen worden, die Türschlösser inbegriffen), und dort, unter einem mit Schilfrohr, Werg und Teerpappe ausgeflickten Dach, geht ein jeder nach eigenem Gutdünken zwischen Bestandteilen ausgedienter Kessel umher, zwischen räderlosen Kippwagen, zerbrochenen Tonröhren und großen von Wasser und Wind ausgebleichten Holzstücken, die im Dunkeln aussehen wie Knochen eines prähistorischen Tieres. Selbst im Sommer schwitzt überall Feuchtigkeit aus; denn Stein und Holz sind dort so stark vom Salz durchsetzt, daß sie bis in alle Ewigkeit noch den spärlichsten Morgentau zurückhalten; das Metall ist von Rost zernagt; er löst sich in großen Placken ab, und auch die sind feucht; der Boden haftet ein wenig an den Sohlen.

Wenn sich, wie es wahrscheinlich ist, allerhand kleines Getier an dieser Stätte aufhält, so ist doch kein Lebenszeichen von ihm zu sehen oder zu hören. Was nun das betrifft, was man mit fragwürdigem Respekt als die Gattung Mensch bezeichnet, so ist deren einziger Vertreter Valentin Sorgue; er hat sich während der Mittagsstunden ein Obdach vor der Hitze gesucht. Unser *Mensch* sitzt auf einem Haufen Säcke (oder Fetzen von Säcken); sie könnten ehedem Landstrei-

chern als Lager gedient haben, obwohl die Salineninsel nicht viel Durchgangsverkehr hat. Auf seine Beine hat er andere Säcke, geplatzte und steife, gelegt, mehr um sich die angenehme Vorstellung einer Bettdecke zu verschaffen als um sich gegen die leichte Kälte zu wehren, die durch den Unterschied zur Luft draußen spürbar ist. Aus seinem Brotbeutel hat er ein kümmerliches Essen hervorgeholt: nur schwarze Oliven, magere, wie sie auf wilden Bäumen wachsen, ehe die Frucht durch Pfropfen an Güte gewonnen hat, und dazu Schiffszwieback, so hart, daß man sich daran die Zähne ausbeißen könnte, aber zum Glück fehlt es nicht an Rotwein, um das Gleichgewicht wiederherzustellen. Überreife, am Rand der Landstraße gepflückte und von Kupfervitriol verschmierte Trauben sind das Schlimmste an dieser Mahlzeit, die sie abschließen. Ihm gegenüber, in der weit offenen Tür, ist weiße Helle; der Schatten ist auf der Schwelle zu einem Nichts zusammengeschrumpft.
Sobald er gegessen hat und als seine Literkanne leer ist, streckt Valentin sich auf den Säcken aus, und dann, weil er für eine richtige Mittagsruhe besser gesättigt sein müßte, verfällt er ins Träumen und schließt die Augen, als rolle er, im Verlangen nach bunten Erinnerungen, einen Bildschirm auf.

Das nackte Holz, das alte Eisen und der Gips, *so sagt er sich*, üben auf mich eine seltsame Macht aus; sie reichen hin, meine Gedanken in Bann zu schlagen, sie wie einen gut gebundenen Strauß einer Frau zuzuwenden, gleichgültig, welcher. Weit mehr als die einzelnen Stücke einer prachtvoll luxuriösen Ausstattung, besser als Gold und Spiegel, Samt, Seide und sogar Pelzwerk verbinden sich für mich dergleichen rohe Materialien, warum, das weiß ich wahrhaftig nicht, mit der ewigen Puppe. Die Laternen, die sich von den langen Baracken abhoben, in Efeu und Moos versunkene Lastkähne am Saum des Ardenner Waldes – habe ich je ihrer schäbigen Aufforderung widerstehen können? Und ich erinnere mich noch des Freudenhauses in Sinistria; das in Form eines sechszackigen Sterns oder, wie man sagt, des Siegels Salomos, ganz aus rohem Fichtenholz gebaut war. In der Mitte des Sterns stand kerzengerade ein junger, wenngleich entästeter Stamm auf seinen Wurzeln in der Erde, er war die Säule des Tempels und die Achse des Bauwerks, und er trug einen massiven, roh geschnitzten, leuchtend rot bemalten Eberkopf. Lächerliche Samsons versuchten sich darin, ihn zu rütteln. Die Kundschaft bestand in der Hauptsache aus Lumpensammlern, die vom letzten Krieg her in der Nähe herumliegendes Eisenzeug ausbeuteten, die Umgangsformen im Salon waren nicht eben gesellschaftsfähig. Oft wurde in Waren bezahlt, und es war ein immer wiederkehrender Scherz, der mit Lärm und Bravorufen begrüßt wurde, wenn hundert Kartuschen dafür geboten wurden, sich in einem auf drei Minuten beschränkten Rutsch zu entschleimen ... Ihr Lumpensammler, ich habe euch um eure Abgefeimtheit beneidet, um euer Glück bei dieser ungeheuerlichen Galanterie ... Wie dumm ich doch bin! Ach, wieder aufsteigen! Die Erinnerung an die fetten Säue von Sinistria und die an den scharlachroten Wildschweinkopf im Stern des Salomo in den tiefsten Tiefen meiner selbst lassen!

Die Frau auf dieser Insel, auf die ich nach langen Wanderstunden gelangt bin, nachdem ich zwei kleine Meeresarme an seichten Stellen durchwatet hatte (und beim letzten, dem tieferen, über den kalten Rücken einer Welle hinweggestiegen war) –, heißt Rodogune Roux. Dessen erinnere ich mich, und es gibt daran keinen Zweifel. Und um darzutun, daß sie einzig in ihrer Art ist, denn es könnte ja sein, daß auch noch andere hier wären, alte, oder zerlumpte Halbwüchsige, in den zwei oder drei Behausungen, die zum Festland hinüberschauen, will ich sie zur Beherrscherin der Salzinsel machen. Königin Rodogune ... Wieviel Orient, jäh, im Schlepptau einiger Silben! Wie ein bleicher Halbmond über einer ehedem der Ischtar geweihten Stadt aus bröckelndem Lehm hat der Titel, den ich im Scherz verlieh, einen Legendenglorienschein um das junge, einsame Mädchen und ihr grausames Abenteuer gewoben. Zumindest freut mich der Gedanke, daß es zwischen ihr, der schrecklich mit einem Nimbus aus Blut umgebenen Rodogune, und mir, der ich jetzt wie ein Hund auf diesen halb vermoderten Säcken liege, nicht das gegeben hat und je gibt, was auch nur im allermindesten dem ähnelt, was wir guten Franzosen für einen etwas gewagten Scherz halten, dem, was alles in allem als Erotik bezeichnet wird. Ich sage sämtlichen Göttern des Mittelmeeres Dank dafür, allen Göttern der jüdischen, gräko-lateinischen Welt, ohne die arabische zu vergessen, noch die sardische, die eine Welt für sich ist und ebenso abgeschlossen wie die Hochstätten Zentralasiens. ›Grausames Abenteuer‹, habe ich mir gesagt, wie wenn man wirklich um das Abenteuer eines andern Menschen, der nicht man selber ist, wissen könnte. Ein Gelbschnabel war ich damals noch und werde ich immer sein (aber aus welchem scheußlichen Nest gefallen?). Und was treibt mich dazu, mich, Valentin Sorgue, der ich gewissermaßen wie ein Bettler gekleidet bin, schlecht ernährt, nicht betrunken, schwankend zwischen Schlaf und Traumgedanken, ohne Zeugen bis auf die dicken, lästigen Fliegen – was treibt mich dazu, mich hier zum Rivalen der Romanschriftsteller aufzuwerfen, dieser berufsmäßigen Lügner, deren letztes Wort nicht mehr als das erste auch nur auf ein Sandkorn wirklicher Gewißheit gründet? Einzig Bilder will ich mir zurückrufen, denn nichts sonst gibt es, das getreulich berichten könnte, und das Halbdunkel reizt eher zum Sehen an als sich in Lügen zu wiegen, ehe man einschläft. Das blutige Geschehen übrigens, das in meinem Bewußtsein in leuchtenden Bruchstücken erscheint gleich Teilen eines farbigen Kirchenfensters: Ich gestehe, daß ich nichts weiß und zweifellos auch nie etwas wissen werde über seinen Ablauf, über seinen ursprünglichen Plan oder was ihn ausgelöst haben könnte, weil die einzige, die imstande wäre, mir Auskunft zu erteilen, nämlich Rodogune, zugleich unter allen, denen ich mich im Verlauf meines unsteten Lebens genähert habe, diejenige ist, die am tiefsten Stillschweigen bewahrt, das verschlossenste Gesicht hat und Neugierige am schroffsten zurückweist.

Es ist schon einige Jahre her, daß ich Rodogune Roux zum erstenmal sah. Um sich ein klares Bild machen zu können, müßte man wissen, wie ich zu jener Zeit gewesen bin, und das wirft eine andere Frage auf, nämlich die, wie es im gegenwärtigen Augenblick um mich bestellt ist. Aber inmitten der mannigfachen Trümmer, die das ganze Mobiliar meines Salzschuppens bilden, würde es mir schwerfallen, auch nur den Splitter eines Spiegels zu finden, und das ist gut so, denn ich würde darin nur traurig ein weiteres Trümmerstück erblicken, und zwar das am wenigsten brauchbare. Und was das Innenleben des Menschleins betrifft, so werde ich ihm, solange ich sein Herr und Meister bin, nur drei Zustände zubilligen: Müdigkeit, Trunkenheit oder Traum. Genug davon. Wir wollen klug sein und uns wieder dem Vergangenen zuwenden.

Damals ... Nun, ich war noch nicht so mager wie heute, ich hatte mehr Haare auf dem Kopf und weniger Überdruß in den Augen. Sicher war ich auch sauber. Ich trug einen Anzug, jenen vielleicht, der auch heute noch meinen Körper bedeckt, oder einen anderen, aber fast neuen. Vor allem verspürte ich in mir eine grenzenlose Befähigung zu allem und jedem, und der Wind, dessen Hiebe mir heute weh tun, blies mir Ratschläge ein, wie etwa: ins grüne Wasser zu tauchen, zu den Löchern der Muränen zu schwimmen, mich unter die purpurnen Brombeersträucher zu werfen und mitten hindurch bis zu den verschwiegenen Schlupfwinkeln hinaufzukriechen, wo *sie* (wer?) auf mich warten und sich neben mir ausstrecken würde in einem Gemach, durch das Füchse strichen; auf die höchsten Felsen zu klettern und der Sonne ins Antlitz zu blicken, bis ich nichts mehr sah als mein eigenes Blut, das in der Glut des Elementarfeuers brodelte. Was kann ich dafür? Es ist stärker als ich. Ich mag, soviel ich will, versuchen, an etwas andres zu denken – immer komme ich auf das Blut zurück. Es ist das einzige, was die Gegenwart mit der Vergangenheit eint.
Zu jener Zeit kam ich fast jeden Morgen vom Festland, wo ich meine Ferien in einer Pension im Pinienwald verlebte, zur Insel hinüber. Die Saline war in vollem Betrieb, und italienische, zumal sardische Arbeiter, auch Katalanen, wachten über die Salzteiche, zerbrachen die Kruste und zogen die Salzschollen heraus, reinigten die Kanäle, harkten den Boden mit langstieligen Rechen, sortierten den kristallinischen Niederschlag. Diese Arbeiten störten die Libellen kaum, die damals nicht weniger zahlreich waren als heute über den sich selbst überlassenen Becken. Der Schuppen, in dem ich liege, stand den Besuchern nicht offen. Mit dem Salz hatte ich nichts zu schaffen (obwohl ich mich mit einem

gewissen Entzücken erinnere, daß manche Sieder das Produkt mit seinem alten Namen ›Morgana‹ bezeichneten) und mit Insekten genausowenig; einzig die Wildheit der Insel verlockte mich, und hinzu kam, daß die kleinen Badestellen wochentags menschenleer waren und ich nackt im klaren, tiefen Wasser schwimmen, auf einem flachen Stein oder dem Strandkies faulenzen konnte, so lange ich wollte, ohne daß jemand mich störte.

Die Katalanen der Salzsiederei waren im gleichen Maße gesellig und gesprächig wie die Sarden verschlossen, und daher kam es, daß ich mich mit einigen unter den ersteren anfreundete; aber ich achtete sie weniger als die letzteren. Eines Tages, als ich mit einem von ihnen, die die Arbeit auf die leichte Achsel nahmen, zu einer Badestelle am Nordende der Insel hinabgestiegen war, wohin ich nur selten ging (die kleinen, verlorenen Strandstücke, die höhlenreichen, dem offenen Meer zugewandten Stellen liegen auf der Westseite), sah ich eine Frau, oder vielleicht mehr ein junges Mädchen, das im Meer einen Fisch wusch; ich weiß nicht mehr, wovon gerade die Rede war, aber ich weiß, daß ich verstummt bin und meinem Gefährten nicht länger zuhörte, um mir nichts von dem Anblick entgehen zu lassen, von dem er keine Spur wahrnahm und von dem ich meinte, der Zufall habe ihm einen unvergleichlichen Glanz verliehen. Die Unbekannte hockte auf einem dunklen Felsblock, mit dem ihr langer, schwarzer Rock verschmolz; sie trug eine ausgeschnittene Bluse mit sehr weiten, bis zu den Ellenbogen hochgestreiften Ärmeln; neben ihr lag zusammengeknüllt ein Schal, rostrotes Grundgewebe mit verblichenen Goldfäden. Ihre Tracht war wie die der Zigeunerinnen oder der Frauen auf den Balearen oder Sardinien; sie beugte sich vor, und ihre Gestalt hob sich in einem reinen Profil vor dem hellen Sand ab; ihr glattes Haar war in Zöpfe geflochten und zu einem Knoten geschlungen, der ebenso schwarz wie der Rock war; ein großer Fisch, eine Seebarbe mit dickem Kopf – von der Gattung, die man aus diesem Grunde als ›Kephalos‹ bezeichnet –, den ihre Hände ins Wasser tauchten und wieder heraushoben, schien mit ihren nackten Armen zu spielen, aber sein sehr weißer Bauch unter dem blauen Rücken war vom Anus bis zu den Kiemen aufgeschlitzt, und über die Hände der Frau rann Blut.

Als wir näher gekommen waren, hob sie den Kopf und hielt meinem Blick stand; dabei ließ sie den Fisch los, den eine zurückflutende Welle schwach wiegte. Ihr Gesicht dünkte mich eins der schönsten, die ich je, und sei es im Traum, gesehen hatte, und sobald ich nur will, habe ich ihre aufreizend kleine Nase wieder vor Augen, ihre sehr großen, weit auseinander stehenden Augen von dunklem Schmelz mit einem rötlichbraunen Schimmer, ihre Stirn, ihre Backen und das gleich ihnen sehr kräftige Kinn, mit ihrer hellen, goldbraunen Patina, dieser über und über granulierten Haut, glatt und körnig wie das Material gewisser sehr alter Plastiken, die zu betasten man sich nur mit Mühe enthalten kann. Diese Schönheit war trotz aller offensichtlichen Jugend ohne Milde, und auch deswegen verbindet sich Rodogunes Gesicht in meiner Erinnerung mit Bildwerken aus sehr früher Zeit und von jünglinghaften Formen.

»Das Mädchen mit dem Widder«, sagte mein Gefährte und spie in den Sand.

Es war in den ersten Morgenstunden, bei einem so jungen Licht, daß mich Freude durchdrang, als sei ich eben erst zusammen mit der gesamten Natur geschaffen worden. Seegras und Tang, die von der Flut an dieser Buchtung der Küste ohne Unterlaß angeschwemmt wurden, verbreiteten einen nahezu unerträglichen Meergeruch.

Am folgenden Tag, oder vielleicht auch einige Tage danach, begegnete ich ihr abermals. Es war auf der Anhöhe, einem sanften Hügel, die der Fels an der Westküste über dem Meer aufgeworfen hat, auf einem Richtweg, den ich einzuschlagen pflegte, um Zeit zu gewinnen, wenn ich mich beim Baden verspätet hatte. Nie ging jemand dort, weil man kaum behauene Stufen in einer wie ein Kalkofen blendenden Schlucht hinaufklettern mußte, ehe man durch kratzendes, reißendes Buschwerk wieder hinabstieg, und die Hitze war am frühen Nachmittag so glühend, daß selbst Löwen, in diesem Dickicht etwa freigelassen, nur wenig unternommen hätten, um Spaziergängern den Durchgang zu verwehren. Ich war daher, als ich dort Schritte auf dem Geröll und eine singende Stimme hörte, sehr überrascht. Und erst recht, als ich kurz darauf zwischen zwei Mastixbüschen diejenige auftauchen sah, die mich aufs höchste dadurch erstaunt hatte, daß sie das undankbare Tun des Auswaschens eines toten Fisches in eine Art Tanz verwandelte. Ich trat ungeschickt in das Dorngebüsch zurück, um ihr den schmalen Pfad zu überlassen; da lächelte sie im Oval eines düstern Kopftuchs. Hinter ihr kam ihr Widder, ein großes, tief dunkelbraunes, fast schwarzes Tier von Berberrasse; es rieb den Kopf an den Hüften der Frau; übrigens hatte es wie Muscheln gewundene, platte Hörner von einer Länge, die mir bewundernswürdig vorkam.

In der Folgezeit mußte ich oftmals an diese Frau denken. Dann und wann geschieht es mir, daß ich versuche, mir jene Gedanken zu vergegenwärtigen; aber es will mir nicht recht gelingen. Dafür aber erinnere ich mich, als hätte ich es gestern gehört, des klagenden Liedes, das Rodogune um meinetwillen in dem Gestrüpp unterbrochen, wo sie sich in der brennenden Sonne ganz allein mit ihrem Widder geglaubt hatte:

Mein armer Leib ist müd,
Ich möcht' im Bette sein,
Eine Rose und zwei Lilien,
Die wär'n die Decke mein.
Ich hätte eine Matratze,
Mit Veilchen vollgestopft,
Und wenn es dann geschähe,
Daß ich alleine wär',
So kämen die Raben des Himmels
Und tränken meinen Honigseim.

Die Rolle der Raben ist offenbar nicht ganz klar. Vielleicht wäre sie es geworden, hätte man das Lied weitergesungen. Eine andre Frage, die ich nicht zu beantworten weiß und die wichtig ist: Für wen hat Rodogune gesungen? Für sich selber, oder für den Widder? Denn für mich hat sie ganz bestimmt nicht gesungen.

Der Katalane, der sich mir aus Freundschaft oder aus Mitwisserschaft näher verbunden hatte (ein gewisser Manolino Riba; er wurde gewöhnlich Manolin genannt), erzählte mir, was unter seinen Salzsiederkollegen über das einzelgängerische Mädchen und seine merkwürdige Vertrautheit mit dem großen Gehörnten geredet wurde.

»Sie essen beide gemeinsam«, vertraute er mir an, »und obwohl sie in dem Häuschen am Wasser ihr eigenes Schlafzimmer hat, liegt sie häufiger im Stallstroh als in den Laken wie ein Christenmensch. Eine Frau, die es mit einem Tier getrieben hat, ist eine Beleidigung für den Mann. Sie trägt Unheil mit sich, wo sie auch geht und steht. Alle Zeichen, ihn zu bannen, die Feige auch und die Hörner, sind vergeblich: man sieht den Bösen in ihren Augen. Um ihn daraus zu vertreiben, genügt kein Fischblut; es müßte schönes, warmes Blut sein und die Verworfene von Kopf bis Fuß überfließen.«

Trotz dieser beunruhigenden Bemerkungen – die mich übrigens skeptisch ließen –, zögerte ich nicht, als sich Gelegenheit dazu bot, Rodogune anzureden. Und da ich nicht im mindesten versuchte, sie zu umwerben, ging sie auf meine harmlosen Annäherungsversuche ein, und mir war, als habe sie sich nach und nach an meine Gesellschaft gewöhnt; die Katalanen indessen machten sich schon von weitem über mich lustig, wenn sie mich mit der Widderfrau zusammensahen. Sie schnüffelten geräuschvoll oder hielten sich die Nase zu, als hätte ich die Witterung eines Hirten an mir; sie verhöhnten mich durch Geblök; verwiesen mich an imaginäre Schafe; sie richteten beschwörende Finger gegen mich. War Manolin in ihrer Schar, so tat er, als kenne er mich nicht. Was nun die Sarden betraf, so sagten sie nichts, führten die Abwehrgeste heimlich durch, warfen Rodogune aber häufig Blicke zu, und in diesen Blicken lag alles Erdenkliche, nur nicht Wohlwollen und Zuneigung.

Aus einer Neugier heraus, auf die ich nicht stolz bin, wollte ich wissen, wer sie war und woher sie kam, die Umstände erfahren, die sie auf die Insel geführt hatten; allein ich vermochte ihr keine Auskunft zu entlocken, und bei der geringsten unverhohlenen Frage verschanzte sie sich hinter finsterer Zurückhaltung. Aber ohne daß sie mir etwas nachgetragen hätte, schwand ihre Zurückhaltung hin, sobald ich zu fragen aufhörte. Manolin war nicht besser unterrichtet als ich, obwohl er das Vertrauen alter Arbeiter genoß, die schon lange vor der Ankunft des Mädchens in den Salinen beschäftigt gewesen waren. Lediglich dieses konnte er mir sagen:

»Sie hat Angehörige in der Nähe von Marseille, von denen sie unterstützt wird. Am Ersten jeden Monats geht sie zum Festland hinüber und holt beim Postamt ihre Überweisung ab.«

Wirklich schien Rodogune nicht aller Mittel bar zu sein, denn wenn ich sie je habe arbeiten sehen, dann nur beim Säubern ihrer Kleidung, ihrer Wäsche, ihres Hauses und des Widderstalls und bei der Bereitung ihrer Mahlzeiten, die vor allem aus Fisch mit Reis à la Marinière, Früchten, Milchspeisen und Honig bestanden. Nur selten ließ sie es zu, daß für sie ein Hähnchen geschlachtet wurde, und auf Fleisch aus der Metzgerei verzichtete sie gänzlich.

Ein oberflächlicher Zuhörer hätte unsere Gespräche als nichtig erachtet. Mir jedoch kommen sie nicht banal vor in ihrer schwebenden Abhängigkeit von den leichtesten Regungen unserer Stimmung, die wie das Umschlagen des flüchtig wehenden Windes waren. So plaudern, heißt das nicht: ins Blaue hinein schwatzen? Gerade dies aber schätze ich am meisten; mit männlichen Partnern wollte es kaum je gelingen, dagegen ist es mir bisweilen in der Gesellschaft der ›holden Weiblichkeit‹ zuteil geworden, nie jedoch so zwanglos und unbeschwert wie mit Rodogune. Von dem Widder sprachen wir nur, um seine Schönheit zu rühmen, und es wäre mir nicht eingefallen, zu sagen, er sei folgsam; obwohl er es in einem ungewöhnlichen Grade zu sein schien. Ich legte für ihn in Gesten und Worten den größten Respekt an den Tag, wohl wissend, daß ich auf diese Weise Rodogune Freude machte und daß das Gegenteil sie arg gekränkt hätte.

Jetzt, nach einer Spanne von drei oder vier Jahren, wird mir klar, daß ich für die Katastrophe mitverantwortlich bin. Ich mußte – weshalb? ich weiß es nicht – zur Insel zurückkehren, auf diesen Lumpenhaufen fallen und bei völligem Wachsein träumen, während in meinem Bauch geräuschvoll Gasblasen aufsteigen, um endlich einzusehen, wie unrecht es war, Rodogune Vertrauen zu bezeigen. Vertrauen in sie, in mich, Vertrauen in Himmel und Erde, Vertrauen zu den Wellen, in die sie sich bis zu den Knien hineinwagte. Sie war mißtrauisch und nur zu sehr auf der Hut vor den Menschen, denn es bestand keinerlei Verbindung zwischen deren Welt und der ihren. Ihr Schweigen und die schwarzen Schleier, mit denen sie sich umhüllte, schützten sie wie eine Klausur. Mein Fehler besteht (vielleicht) darin, daß ich ihre Abgesondertheit durchbrochen und durch das Einvernehmen mit einem Mann, das ich ihr anbot, sie allen andern nähergebracht hatte, so sehr, daß sie ihr Ausgeschlossensein nicht länger ertragen konnte, daß sie sogar herausfordernd wurde im Verlangen nach irgendeiner Beziehung, und sei es mangels Freundschaft Krieg.

Unbedingt hätte ich die Augen offenhalten müssen. Ich hätte alles durchschauen und sie warnen müssen, als sie sagte, sie wolle den andern zeigen, wer sie sei, und ihnen eine gehörige Lehre erteilen.

Mit jedem Tag wurde sie lebhafter, unternehmender, auch schöner, wie mir schien, und das ist wahrscheinlich der Grund, weshalb ich außerstande war, das Unglück zu verhindern.

Eines Sonntags hatten wir uns in der Niederung am Rand der Salzteiche verabredet. Aus einem erschreckend kahlen Blau strahlte die Augustsonne ein so heftiges Licht nieder, daß es mir, der ich keine Schutzbrille trug, die Augen blendete; ich machte sie so wenig wie möglich auf. Vom Schatten einer Wand aus riesigem, bambushohem Schilfrohr gewahrte ich Rodogune; ich erkannte sie schon von weitem an Haltung und Gang (die noch immer unvergleichlich sind); aber es ging ein ungewohntes Glänzen und Glitzern von ihr aus, das ich mir nicht erklären konnte. Als sie näher kam, sah ich, daß sie eine goldene Halskette aus dicken, ziselierten Kugeln trug und Ohrgehänge, die ihr bis auf die Schultern niederhingen, deren Weiße eine durchbrochene Bluse nur wenig verhüllte; über das Haar hatte sie ein Tuch mit Rosen in Paillettenstickerei gebreitet, das auf dem reichsten Altar einer peruanischen Kirche nicht fehl am Platze gewesen wäre. Überdies hatte sie dem Widder ein rotes Band um den Hals geschlungen, und sie hatte sich sogar einfallen lassen, ihm die Hörner mit Goldbronze anzumalen.

Welches Kompliment mag ich trotz meiner Überraschung gefunden haben, um den Schmuck und das Kleid zu bewundern? Ich weiß es nicht mehr. Außerdem hörte sie mir kaum zu und bezeigte weniger Heiterkeit denn Erregtheit, wenn nicht gar Fieber. Am liebsten wäre ich mit ihr längs des Schilfrohrs zurückgegangen, das zwischen Süßwasser und Salzwasser einen dem Auge angenehmen Spazierweg bildete, sie jedoch lehnte meinen Vorschlag ab und ging rasch geradeaus auf einen Erddamm zu, der den Salzteich nach den Schuppen hin durchzog. Ihre Schritte scheuchten große, schwarze Schmetterlinge auf, die im Fliegen einen violetten Schimmer annahmen, und die Disteln am Wasserrand funkelten wie Prismenleuchter, der Salzkristalle wegen, die der Wind an ihre Stacheln geheftet hatte. Der Widder, der hinter seiner Herrin herging, schien verlegen ob seiner glanzvollen Erscheinung (das Band mochte ihm unbehaglich sein oder die Bronzeflüssigkeit ihm auf der Stirnhaut brennen). Ich selber folgte in einigem Abstand. Das große, als Kurtisane aufgeputzte Vieh erinnerte mich an einen merkwürdigen Artikel in Bayles ›Dictionnaire‹ über das Thema des Liebesverkehrs mit Ziegen, einer spezifisch lateinischen Leidenschaft, einer außerordentlich alten, die von den Moralisten wie von den Durchschnittsmenschen gleichermaßen verdammt wird. Die italienischen Soldaten, die im sechzehnten Jahrhundert unter dem Herzog von Nemours Lyon belagerten, führten eine große Zahl ›mit grünen Samtdecken, die breite goldene Litzen hatten‹, behängter Ziegen mit sich, die ihnen als Liebesgefährtinnen dienten.

Nach d'Artagnan sind es an die zweitausend Ziegen gewesen. Welch ein Lärm, wenn sie Glöckchen getragen haben ... Genug davon!

Ich käute diese alten Leseerinnerungen wieder, war übersättigt von Hitze und Sonnenlicht und ziemlich weit zurückgeblieben, als Rodogune auf einer ebenen Stelle anlangte, wo die Arbeiter Pétanque spielten. Als sie sie mit dem Widder herankommen sahen (das war wohl der von ihr erhoffte Triumph), unterbrachen sie das Spiel und liefen ihr nach, aber wie man einem Dieb oder einem Mörder nachläuft. Die Katalanen waren am wütendsten; sie riefen ihr Schimpfworte zu und bezeichneten sie als etwas noch Schlimmeres denn eine Verworfene.

Ich hastete hin. Aber ich kam nicht dazu einzugreifen (und, wie ich es nur zu gern getan hätte, meinen wachsenden Mut zu zeigen ...), denn Manolin hatte sie sogleich beruhigt, indem er ihnen etwas zurief, das ich nicht verstand. Sie nahmen ihre Jacken und verdrückten sich vom Spielfeld. Ohne uns zu beachten, ohne ein Wort oder eine Geste zu uns hin traten sie den Rückzug nach einer am Strand gelegenen Kantine an, wo ein schwerer, dunkelroter Wein ausgeschenkt wurde. Es war eine Bruchbude aus Pfahlwerk und trockenem Laub in den Dünen, und darum herum standen Bänke; ich kannte sie, weil ich manchmal am Samstag- oder Sonntagabend dort gezecht hatte, wenn die Sarden betrunken waren und die Lieder ihrer Heimat sangen: endlose Rezitative, unterbrochen von schrillen Klängen in den Kehrreimen, rhythmisiert durch Händeklatschen, Schnarrtöne aus der Brust und ausmündend in krächzende Klagelaute, die so lang ausgehalten wurden, daß sie das Dunkel entzweizureißen schienen. Und das in einer fremdartigen Sprache, einem Gemisch aus Spanisch und Latein, und es hörte sich an, als steige es aus dem Urgrund der Zeiten herauf, als entstamme es den frühesten Anfängen der Menschheit, und ich mochte es.

›Rodogune beruhigen‹, dachte ich; aber sie blieb stumm; und ich glaube, sie hat sich nie darauf verstanden, zu weinen. Mein Versuch, allem, was, wie ich wußte, in ihr grollte, einen Ausweg zu schaffen, erwies sich als verlorene Mühe; sie fing an zu lachen, und da machte sie mir Angst, weil ich jenes freudlose Lachen in einer Kapelle gehört hatte, wo zwei irrsinnige Frauen einander unter dem Kreuz küßten – das war in Volterra gewesen, in einer Heilanstalt, die ich hatte besichtigen dürfen. Sie wies meinen Arm zurück, sie verbot mir in überstürzten Worten, sie heimzubegleiten, und ging, von dem Widder gefolgt, in Richtung auf ihr Haus davon.

An jenem Tag blieben die Salzsieder bis zu später Stunde beisammen und tranken und redeten miteinander. Ich setzte einige Hoffnung in Manolin, obwohl ihr kein Vertrauen innewohnte. Ich wollte versuchen, ihn abzufangen, und so ging ich hinter der Kantine auf und ab, ließ mich oben auf einer kleinen Düne nieder und blieb dort unterm Sternenhimmel lange sitzen. Leider sah ich niemanden, und es erklang kein einziges Lied.

Mein Rückweg war schwierig; es war kein Mondschein; ich patschte hoffnungslos weiter und fiel in Wasserlöcher, als ich am Meer entlangging. Am nächsten Morgen war ich so erschöpft, daß ich aufs Baden verzichtete. Am Nachmittag beschloß ich, Rodogune aufzusuchen. Meine Besorgnis (sonderbar, daran zu denken, und ich schäme mich dieses feigen Optimismus, ärgerlicherweise liegt er in meinem Charakter) hatte sich mit der Dunkelheit verflüchtigt, so daß ich, ohne es vergessen zu haben, das tags zuvor Geschehene nicht mehr allzu tragisch nahm, und ich weiß noch, daß ich am Durchschreiten der Furt Spaß hatte wie ein Schuljunge.

Damit er nicht bespritzt wurde, hielt ich über meinen Kopf einen Brocken Steinsalz; den wollte ich dem Widder zum Lecken geben, denn er war darauf mehr erpicht als auf alles andre.

Als ich vor Rodogunes Haus anlangte, war die Tür geschlossen, und das graue Holz der Tür war mit Blut besudelt wie eine Metzgerbank. Die Laden des Fensters (des einzigen) und die Tür des Schafstalls waren mit Teer beschmiert. Ich klopfte, ich rief, aber was ich auch tun mochte, es blieb umsonst, und dabei hätte ich schwören können, daß jemand im Haus sei. Nach längerem Abwarten und nachdem ich gehörig Lärm geschlagen hatte, hastete ich weg, um Hilfe zu holen. Vergebens.

Ich lief wie von der Tollwut gepackt in der vollen Sonne über die Insel; ich glaube, ich bin zwei- oder dreimal von einer Seite zur andern gehetzt, bin über die Felsen geklettert, habe mich durch Dorndickicht gezwängt, bin über die Kanäle und Lachen hinweggesprungen. Die Arbeiter taten, als seien sie viel zu beschäftigt, um mir antworten zu können. Ich sah nur Gesichter, die ebenso unerbittlich verschlossen waren wie das armselige Haus meiner Freundin; ich fand niemanden, der mir hätte helfen wollen, die blutige Tür aufzubrechen. Sie waren miteinander im Bunde wie Bauern gegen den Gendarmen, und ihre Stummheit und ihre Verbocktheit ließen mich zurückprallen, wie Steine es mit einem matten Geschoß tun.

Erst später habe ich die Wahrheit (nicht die ganze) erfahren. Mit Hilfe der Phantasie sehe ich, wie diese gemeinen Menschen, die unerkannt geblieben sind, vorgingen. Maskiert mit einem Stück weißen Leinen, auf das mit Holzkohle ein Totenkopf gemalt ist, wenn es Sarden sind, oder mit unverhülltem Gesicht, wenn, wie ich zu glauben neige, die in jede Frau verschossenen und eifersüchtigen Katalanen, schließen sie mit einem Dietrich die Stalltür auf, damit kein Merkmal eines Einbruchs zurückbleibt. Rodogune liegt im Schlaf (und zwar, möge es Lästermäulern auch mißfallen, in ihrem jungfräulichen Bett); sie stechen den großen Widder ab, ohne dabei allzuviel Lärm zu machen, schneiden ihm den Kopf ab, nehmen ihn mit und lassen nur den Körper zurück, der auf dem am Vortage erneuerten Stroh langsam starr und steif wird. Den Kopf mit den herausfordernd vergoldeten Hörnern über dem gesträubten Haar hängen sie über die Haustür, so daß das Blut hinabrinnt und das Holz bis zur Schwelle durchtränkt. Teer muß zu einer Trauertünche herhalten, wie sie der Untat und dem Schimpf entspricht. Dann verhüllt die Nacht ihre Flucht.

Wie ich mich jetzt auch darum bemühen mag: ich kann mir nicht ausmalen, was geschah, als Rodogune wie an jedem andern Tag in den ersten Morgenstunden ihre Tür aufmachte und im jungen, freudigen Licht sich dem Blut und dem Entsetzlichen gegenübersah. Ich meine, sie selber hat den Kopf des Wesens, das sie geliebt hatte, herabgenommen und ihn ehrfurchtsvoll im Meer gewaschen, ehe sie ihn wieder heimtrug. Jedenfalls hat sie sich lange Zeit mit dem traurigen Überrest eingeschlossen.

Ich habe Rodogune wiedergesehen. Erst gestern sah ich sie wieder, nach Jahren des Fernseins. Sie erwidert meinen Gruß, sie möchte vielleicht ein paar Worte mit mir sprechen, aber in ihrer Haltung und ihrer Stimme sind soviel Kälte und Abstandheischen wie bei einer Nonne des strengsten Ordens. Sie hat wieder den schwarzen Schleier angelegt; er umhüllt sie fester denn je und hat sie wohl ein wenig vor den Kränkungen und dem Spott geschützt, mit dem sie überschüttet wurde und den ihr Schweigen schließlich entwaffnete. Warum hat sie sich stets geweigert, die Insel zu verlassen? Vielleicht aus einem letzten Trotz heraus; er wäre ihres Charakters würdig.

Geht man an ihrem offenen Fenster vorüber, so sieht man den Schädel des Widders, von allem Fleisch durch Ameisen und Salz gesäubert, aber mit noch immer vergoldeten Hörnern, über Rodogunes Bett hängen wie einen großen, bizarren Gekreuzigten in der Zelle einer Nonne.

Der Akt zwischen den Särgen

Für Joyce Mansour

Ich bin nur noch ein aufrecht stehendes Stück Aas.

Joyce Mansour

Puristen würden mir sicherlich einen Vorwurf daraus machen, wenn ich von der ›Körperübung der Mittagsruhe‹ spräche – trotz der amüsanten Formel ›Neapolitanische Gymnastik‹, die im Schwange ist und die ich gewisse Norditaliener habe anwenden hören. Auf den Ausdruck kommt es, nebenbei gesagt, im Hinblick auf die Sache wenig an. Ich werde mich also darauf beschränken zu erzählen, daß Daniel Point, einer alten, beinahe täglichen Gewohnheit folgend, dabei war, sich dem süßen Nichtstun zu überlassen, als unvermittelt ein Mädchen in seinem Traum auftauchte, sich mit einem Dekor umgab und sich alsdann tyrannisch darin niederließ. Das geschah folgendermaßen: Point hatte die Augen angesichts eines großen Spiegels geschlossen, der über dem Kanapee hing, auf dem er sich in seiner mexikanischen Unterkunft ausgestreckt hatte; ihm war, als schaue er nach wie vor in den Spiegel, der freilich auf schwindelerregende Weise größer und tiefer geworden war, bis er die Maße eines langen, hohen, mäßig erhellten Raums angenommen hatte, wie man ihn bisweilen abends hinter einer Ladenfensterscheibe zu erblikken vermag, durch die ein wenig Licht auf eine dunkle Straße fällt. Unter der Decke dieses grau in grau gehaltenen Raums, die von dünnen Eisensäulen getragen wurde, bewegte sich ein Mädchen zwischen festen länglichen Körpern, Fischen oder kleinen Walen vergleichbar, scharfgratig und rechtwinklig – und das waren Särge in vierfacher Reihe. Abweichend von dem üblichen Beginn von Träumen (wenigstens derjenigen Daniel Points, der nach dem Essen nur wenig Bereitschaft zeigte), war das Mädchen völlig nackt.

Ihre kleinen, wenngleich etwas breiten Füße, solche, denen nur selten durch elegantes Schuhzeug Zwang angetan wird und die eher an Sandalen gewöhnt sind, traten auf einen staubigen Fußboden und waren dadurch bis über die Sohle hinaus ziemlich schmutzig geworden. Die Linie der Zehen verlief nahezu gerade; die Nägel trugen Spuren von rosa Lack, wieder ein Beweis für Sandalen; die Fußgelenke waren ein wenig dick. Weiter oben waren Waden, Knie und Schenkel von vollkommener Rundung; sie schimmerten wie mit einem in Öl getauchten Wollappen blank geriebene braune Steine und waren offenbar festfleischig; der einzige Fehler, wenn man will, bei alledem war, nach den Kriterien modischer Beliebtheit, ihr Mangel an Länge (oder gedehnter Schmalheit). Wenn der Blick des Träumenden (er war, wie er sich sagte, mit der ›Bestandsaufnahme‹ beschäftigt) die unteren Partien verlassen, sich bis zur Spitze emporgeschwungen und dort verharrt hätte, ehe er sich wieder senkte, so würde er eine auf drollige Weise kurze Behaarung von einem fast schwarzen Kastanienbraun festgestellt haben (da die Natur mit dem absoluten Schwarz bei den Haaren der Frauen genauso geizig ist wie mit dem Blau bei Diamanten); sehr große, goldbraune Augen, dunkler als die Haut, aber vom selben Farbton, unter feingezeichneten Brauen und einer kurzen, flach anliegenden Haarfranse; eine stämmige, nicht eben kurze Nase, die niedlich war und wie ein Tierschnäuzchen schnupperte; einen ziemlich großen, auf Fleischgenuß erpichten Mund mit an den Winkeln geschürzten Lippen und scharfen weißen Zähnen; ein kurzes Kinn, aber ebenso fest wie die Beine, das sich gut dem fast runden Oval des Gesichts anpaßte (eher ein Seeschildkrötenei denn ein Vogelei, dachte der Träumende schließlich; er hatte tags zuvor zum Frühstück drei oder vier Eier

der ersten Art gegessen; sie sehen wie Pingpongbälle aus, werden roh serviert, aufgeschlagen, in eine Tasse entleert und mit Zitronensaft beträufelt ...).
Innerhalb der Kategorie des Kugelförmigen triumphierten die Brüste der Nackten aufs glanzvollste. Der banale alte Vergleich von Frauenbrüsten mit Kanonenkugeln war dieses eine Mal gerechtfertigt; denn sie waren von regelmäßiger Form, massiv und von einem Glanz, wie man ihn kaum anderswo als in Artillerie-Museen (oder am Torso indischer Plastiken) beobachten kann. Sie liefen in eine fast schwarze Knospe aus auf dem helleren braunen Grund ihrer Aureole, und wenn der Körper sich bewegte, folgten sie seiner Bewegung, ohne zu zittern und zu wackeln, als seien sie mit ihm in einem Stück aus Bronze gegossen worden. Die Schultern darüber wiegten sich mit wellender Weichheit; ihre Verlängerung bildeten zärtliche Arme von schöner Spindelform, liebenswerte, mollige Hände (sie ließen an die Hände einer spanischen Nonne auf irgendeinem alten Bild denken); die Taille darunter war wunderbar fein und bildete einen absurden, ungeheuerlichen Gegensatz zu der dicken Schwellung des Bauches, dem Umfang des Beckens, der Breite der Hüften und der Hinterbacken, der erblühten Heftigkeit des Fleisches, das Hülle und Kennzeichen einer gut funktionierenden weiblichen Apparatur ist. Sowohl unter den Armen wie bei dem Dreieck der Scham war das Vlies klein und kurz, obwohl dicht, dunkel und schimmernd. Es ging von diesem Körper ein Eindruck von Tiefe und ruhiger Kraft aus, der dieses Mädchen offenbar in die Gattung der irdischen Geschöpfe einordnete (im Unterschied zu Feuer, Luft und Wasser und dem Herrschaftsbereich des Mondes). Dabei war ihr Gesichtsausdruck der einer äußersten Verstörtheit.

Das nackte Mädchen wollte von dem dritten Gang, in dem es sich befand, in den zweiten, den in der Mitte des Raums befindlichen hinüberwechseln, und anstatt bis ganz nach hinten zu gehen und dann wieder kehrtzumachen, schwang es sich breitbeinig über zwei aufeinandergestellte Särge hinweg: der größere stand am Boden und war schwarz mit silbenen Tränen, der obere war hellrosa lackiert und mit einander drückenden Händen, Gitterwerk und vergoldeten Girlanden im alltäglichsten Geschmack verziert. Sie blieb vielleicht eine Minute auf dem rosa Sarg hocken, die Schenkel gespreizt, als sitze sie auf einem gesattelten Pferd, den Oberkörper nach hinten geneigt, ehe sie sich auf den Deckel des unteren Sargs stemmte und leichtfüßig den Boden gewann. Eine kleine Staubwolke stob in diesem Augenblick empor wie Dunst auf brennend heißem Straßenpflaster; sie paßte gut zu diesem nackten Körper, zu diesen pastellfarbenen oder rahat-lokoum-weißen Bahren, den aus Nägeln gebildeten Arabesken, den Goldverzierungen und schuf die flüchtige Illusion eines türkischen Bades. Die Särge zitterten mit dem leisen Dröhnen leerer Kisten.
Der Träumende fragte sich, woher dieses Geräusch rühre; er hätte darauf schwören können, er habe es in der Stille gehört, die sich in ihm angebahnt hatte und die den Straßenlärm aufhob oder in eine andere Bewußtseinsebene projizierte; das Fenster des kleinen Wohnzimmers ging nämlich auf die Avenue hinaus, und dort vollführten die Motoren und Hupen einen wüsten Lärm. Anscheinend hatte er sich das übrige hinzuerfunden, das Schauspiel, zu dem er absonderlicherweise geladen worden war? Dem war nicht so. Es vollzog sich ihm gegenüber, und er nahm es wahr. Er fürchtete, er habe durch seine Zwischenfragen den Faden des Traums abgerissen; das hätte er sehr bedauert, denn er be-

gann sich ziemlich leidenschaftlich für die entkleidete junge Person zu interessieren, die ein Sargmagazin in eine Turnhalle verwandelte. Zum Glück verblieb sie vor seinen Augen (oder im Gesichtsfeld seiner inneren Schau). Auch das Dekor hatte sich nicht geändert; sie kam darin jetzt weiter nach vorn, was sie für den Beobachter größer werden ließ und ihm gestattete, die winzigsten Einzelheiten ihres Körpers wahrzunehmen. Sie schritt inmitten der durch die aufgestapelten Särge gebildeten Gasse einher, streckte ein paarmal einen Arm aus, streichelte einen hübschen Sarg oder kritzelte unentzifferbare Zeichen in den Staub. Sicher sehr jung. Zu Abwegen verlockend.

In früherer Zeit hatte Daniel Point den Gestalten seiner Träume Namen beigelegt, damit sie zu Persönlichkeiten wurden und imstande waren, sich zu betätigen. Aber der junge Frauenkörper, der jetzt seine Aufmerksamkeit fesselte, besaß bereits so viel Gegenwart und Wirklichkeit, er verhielt sich so gebieterisch, wider alles Vermuten und bekundete eine so ausgesprochene Persönlichkeit, daß es wahrscheinlich fehl am Platz, ungeschickt, wenn nicht gar ungehörig gewesen wäre, wenn man sich ihm gegenüber verhalten hätte wie angesichts der leeren Schattengestalten von ehedem. Also fragte Point sie (selbstverständlich stumm), wie sie heiße (da er sich gewiß war, daß sie nicht namenlos sei); er fragte sie, auf welch abenteuerliche Weise sie in das Verkaufsgewölbe gelangt sei, in dem sie sich befinde, wie die Ritter vergangener Tage die Damen fragten, was es mit der Burg auf sich habe, in die sie sie geführt hatten.

Sie antwortete völlig ›natürlich‹. Das heißt wiederum, daß er, ohne wahrhaft die Worte zu hören, die den Lippen des Mädchens zu entspringen schienen (und es wären, sofern sie wirklich gesprochen hätte, spanische und nicht französische gewesen ...), sie sich keineswegs ausdachte; nein, er nahm sie auf irgendeine dunkle Weise in sich auf, wie Sätze, die einem von wer weiß woher häufig in schlaflosen Nächten ans Ohr dringen und die man schleunigst aufschreiben muß, wenn man sie nicht vergessen will. Er dachte, daß er noch nie einen so wenig geleiteten Traum wie diesen gehabt habe, und er freute sich über die ihm dabei zuteil werdende passive Rolle, die seiner Faulheit gemäß war. Sein Bemühen war lediglich darauf gerichtet, seine Sinne im Ruhezustand zu erhalten, um nach Kräften die Vorstellung der Außenwelt auszuschalten und nichts von dem Tun und den Gesten und zumal den Worten des Mädchens zu verlieren.

Ich heiße Mariana Guajaco, *sagte sie*. Wer ich bin oder was ich früher war, das hast du mich nicht gefragt, und ich wäre auch außerstande, es dir genau zu sagen, denn das einzige, dessen ich mir halbwegs gewiß bin, ist, daß ich nie wieder die ungestüme, fröhliche Mariana sein werde, deren ich mich noch verschwommen erinnere, das glückliche, schlichte und (sofern man den Komplimenten der Männer glauben darf) liebreizende Mädchen, das der tiefsten Vergessenheit anheimfallen muß. Es ist schon viel, daß ich überhaupt einen Namen habe oder daß ich einen gehabt habe und daß ich mich seiner erinnere und ihn dir sagen kann. Ich werde ihn bald vergessen (ich will es), so wie ich meinen Vater vergessen habe, der ihn mir gab, wie ich meine Mutter vergessen habe, die mir, der kindlichen Formel gemäß, das Leben gab). Sie hätte übrigens weit besser getan, ein Schlachtmesser zu nehmen und sich ihr Geschlecht kreuzweise zu zerschneiden und sich die Brüste abzutrennen. Und mein Vater desgleichen (seiner Art entsprechend).

Beide sind seit langem tot. Sie haben nicht so hübsche Särge gehabt wie der, über den ich vorhin hinweggestiegen bin; wir waren nämlich sehr arm. Nach ihrem Tod bin ich nach Mexiko gekommen, um mir Arbeit zu suchen. Das ist jetzt zwei oder drei Jahre her. Ich war fünfzehn oder sechzehn. Vor ein paar Tagen bin ich achtzehn geworden. Dabei ist mir, als wäre ich weit älter als die grauen Steinidole, die die Bauern bei uns daheim manchmal beim Pflügen finden oder im Schlamm der Teiche, wenn der Wasserstand nach großer Hitze gesunken ist; die Fremden kaufen sie für sehr viel Geld. Die Götter gewinnen an Wert, je mehr sie altern und im Schmutz versinken; wenn es mit den Frauen ebenso wäre, so könnte ich bald meinen Körper teurer verkaufen als Merry Dolores, die auf der Bühne des Tivoli-Theaters zwischen Spiegeln mit dem Popo wackelt.
Kurz nach meiner Ankunft fand ich eine Stellung in einer Schneiderwerkstatt; sie wurde von einem melancholischen, sanftmütigen Juden geleitet, der aus Krakau emigriert war. Wir saßen, fünf Mädchen und die junge Frau des Chefs, in einer kleinen Wohnung; es standen acht Nähmaschinen da (aber zwei oder drei funktionierten nie); wir waren vom Morgen bis zum Abend damit beschäftigt, bunte, ja grellfarbene Hemden zuzuschneiden und zusammenzunähen, wie die Touristen sie mögen; sie glauben dann, sie seien angezogen wie Mexikaner, und spielen sich gewaltig damit auf, wenn sie heimreisen. Dort habe ich mir bis gestern mein Brot verdient, schlecht bezahlt, nett behandelt, alles in allem nicht unglücklich; und da ich nie wieder dorthin zurückkehren werde, sei es mir verstattet, einen letzten Blick auf Sascha Mosers kleine Werkstatt zu werfen, in der überall Hemden herumlagen, bunt wie die Särge in diesem Gewölbe. Ich hatte dort eine Freundin; sie hieß Mara Bienfa-

mado und war durch ihre Mutter Polin; sie war kastanienblond, hatte blaue Augen, eine hübsche Stupsnase und sehr weiße Zähne zwischen feingezeichneten Lippen; die Ungezwungenheit ihres Benehmens machte mich eifersüchtig; ihre Stimme glitt mit einem zärtlichen Beiklang um die Worte herum, als seien ihre Gedanken dem, was sie sagte, recht fern. Wir hatten uns sogleich angefreundet; wenn auch die Mädchen in der Werkstatt darüber lachten, brachten wir es dennoch fertig, daß unsere Nähmaschinen nebeneinanderstanden.
Früher (also bevor der Tod der Meinen mich zur Übersiedlung in die Großstadt gezwungen hatte) empfand ich für die Männer weniger Interesse als das Verlangen, ihnen fernzubleiben, weil sie in der Provinzgegend, in der wir wohnten, roh und gewalttätig sind, sogar schon von Jugend auf, und meine Mutter hatte mir Angst gemacht durch ihre Erzählungen von dem schrecklichen Zustand, in den die Mädchen gerieten, die sich bereit fanden, mit den jungen Burschen in Vollmondnächten in die Berge zu gehen; und außerdem hatte ich Furcht vor meinem Vater, der brutal war wie die Schlimmsten, und ich war ja noch ein Kind oder doch beinahe. Aber in Mexiko wurde ich anderer Ansicht und habe gemeint, ich sei vorher ein Dummchen gewesen. Durch Mara Bienfamado lernte ich das Beunruhigende und dann das Lustgefühl kennen, wie man es im Beisammensein mit jungen Männern empfindet, und ich bin ihr dankbar dafür, daß sie mir eine neue Welt erschlossen hat. Ihr war sie seit mehreren Jahren vertraut, obwohl Mara nur ein paar Monate älter war als ich.
Wenn die Werkstatt schloß, gingen wir gemeinsam fort, außer an Abenden mit heftigem Regen; wir schritten eilig einher, lächelten den Männern zu und sahen uns die Schaufen-

ster an (oder umgekehrt); unser Abendessen bestand aus Appetitbissen in den Bars, auf Zahnstocher gespießten gebackenen Fleischklößchen, gefüllten Krapfen, in denen mehr Gewürz als Fleisch war und die uns im Munde brannten; dabei betranken wir uns ein bißchen, und das machte uns Spaß; hatten wir dann noch ein paar Pesos übrig und kamen wir uns hübsch vor, so gingen wir an Stätten tanzen, die in um so üblerem Ruf standen, je weniger dort bezahlt zu werden brauchte. Ich bewunderte Mara, die besser als ich tanzte und von den jungen Männern häufiger aufgefordert wurde; ich erlaubte meinem Tänzer bisweilen, daß er seine Wange an die meine lehnte oder mich sanft an sich drückte, aber mehr wagte ich nicht, und Mara lachte mich aus, wenn wir mit den Lümmeln vom Tanzboden hernach auf der Straße standen und ich davonlief, wogegen sie sich mitnehmen ließ, stolz wie eine Königin, die zum Schafott geführt wird. Am andern Tag in der Werkstatt, wenn wir mit den Füßen unsere Maschinen betätigten, lachte sie mich noch mehr aus, ohne sich dabei auch nur um einen Stich von ihrer Näherei ablenken zu lassen.
Eines Abends, als wir uns in Gegenden am Stadtrand herumgetrieben hatten, gingen wir aus Neugierde in einen ›Klub‹ von mäßigem Aussehen. Er befand sich im Erdgeschoß eines Hauses, das ebensogut im Abbruch befindlich als im Bau begriffen sein konnte: Man ging durch einen Flur hinein, in dem haufenweise Kübel, Bidets und Waschtische standen, am Boden lagen Röhren, Ausgüsse und Leitungshähne; dann erst kam man in einen großen Mittelraum, wo Mauerstücke verschwiegene Winkel bildeten, wie Theaterlogen, zwischen Haufen von Ziegelsteinen, Mörtel und Sand, an denen Maurersiebe und Schaufeln lehnten, unter Leitern, die zu den Gerüsten emporführten, zwischen bau-

melnden Seilen, von den Zwischenwänden abgerissenen Tapeten, die flatterten, und zerlumpten Gardinen. Ein paar mehr oder weniger schadhafte Möbelstücke aus dem vorigen Jahrhundert, mehrere mit rosa Plüsch bezogene Sofas, eine Mahagonikommode standen auf dieser Baustätte umher, und Tische mit wackligen Stühlen füllten den ganzen noch übrigen Raum um eine unregelmäßige Fläche aus, auf der getanzt wurde. Die Musiker saßen oben auf einer Art Binnenbalkon, von dem die Musik sich geräuschvoll ergoß.
Wir hatten uns an einen etwas abseits stehenden Tisch gesetzt und vorsichtigerweise sofort bezahlt, für den nicht sehr unwahrscheinlichen Fall, daß es zu einem Streit käme, der dann wohl mit Ziegelsteinen ausgetragen werden würde. Mara tanzte erst mit mir, dann tanzten wir mit Männern, auf deren langweilige Anerbietungen ich nicht hörte. Während eines Tanzes sah ich einen hochgewachsenen jungen Menschen, der allein an einem Tisch saß, nicht weit von dem unsern, und der mich jedesmal ansah, wenn ich an ihm vorübertanzte. Auch ich sah ihn an, weil er ungemein hellblaue Augen hatte (fast weiße, viel durchsichtiger als Maras Augen); sie schienen Löcher in seinem Gesicht zu bilden und zogen mich mit einer Gewalt zu ihm hin, die ich vor jenem Abend nie empfunden hatte. Sein Gesicht und sein Haar waren tiefbraun; er trug einen schwarzen Pullover und eine schwarze Hose; er wirkte ernst und verschlossen, er tanzte nicht, er hielt nur Ausschau (nach mir), als sei er in Trauer und nur aus Trotz oder aus Versehen zu dieser Tanzerei gekommen. Nachdem dieses Blickgefecht eine Zeitlang angedauert hatte, stand ich auf, ging zu ihm (wie habe ich das über mich gebracht?) und fragte ihn, ob er tanzen wolle. Mara musterte mich verdutzt. Nun war es an ihr, neidisch zu sein. Als der junge Mensch mich an sich gezo-

gen, seine Wange an die meine gelehnt hatte und stumm blieb, da sagte ich ihm, daß ich nie zuvor einen Mann gesehen hätte, der so schön sei wie er; und als ich spürte, daß er an meiner Bluse zerrte, um sie aus dem Rock herauszuziehen und meine nackte Haut zu streicheln, da ließ ich es ihn tun und bedauerte nur, einen Büstenhalter angelegt zu haben, der seinem Streicheln einige Grenzen setzte. Aber während des Tanzens hakte er ihn geschickt auf, ließ meine Bluse um meinen Gürtel wehen, und ich kam mir in seiner Hand vor wie im Wasser eines Bachs bei nächtlichem Bade. Mindestens zehnmal hintereinander haben wir getanzt, ohne daß wir uns zwischendurch hingesetzt hätten; dann sind wir in stillschweigendem Einverständnis zusammen weggegangen und haben Mara ganz allein sitzenlassen.

Er führte mich in ein Zimmer, wo ich vergebens versuchte, mich neben ihm bei schlechter Beleuchtung im unsauberen Spiegel eines Schranks zu sehen; schreckliche, dunkelrot und grauviolett gestreifte Seidentapeten, die überall herunterfielen, verhinderten, daß man sah, wo das Fenster sich befand; und wenn überhaupt eins vorhanden war, dann war es sicher seit Tagen oder Wochen nicht aufgemacht worden, so erstickend war der Staubgeruch. Dort zog er mich mit der raschen Gewandtheit eines Krankenpflegers oder eines Schinders vollends aus und ließ mich in ein so niedriges Bett gehen, daß mir war, als läge ich auf dem Fußboden; dort gesellte er sich zu mir, liebkoste mich einleitend ein paar Augenblicke lang und tat mir dann sehr weh. Er war wohl ein bißchen erstaunt, daß ich meine Unberührtheit für ihn bewahrt hatte; er sagte, er liebe mich; er drückte sich ungeschickt aus und hatte Hemmungen. Ich liebte ihn deswegen nur um so mehr; ich erhitzte mich und stellte mir dabei im Dunkeln seine hellen Augen vor. So gehörte ich Luis Lozano an. Er besaß meinen Körper und alle meine Gedanken so uneingeschränkt, wie ich glaubte, daß auch ich ihn besäße.

Nach kurzer Zeit wurde ich schwanger und freute mich darüber. Ich bekam ein kleines Mädchen; es ist jetzt fünf Monate alt; und wir haben es, mir zu Ehren, Marianita genannt. Aber ich finde, daß es weniger mir als ihm ähnelt, und das macht es mir um so kostbarer, oder besser gesagt, das hat es mir um so kostbarer gemacht, denn nach dem, was mir letzte Nacht widerfahren ist, hat nichts, und nicht einmal Marianita, mehr den geringsten Wert für mich. Ich werde das noch erklären; doch zuvor will ich mich über Marianitas liebliches Gedankenbild neigen, wie ich mich einmal über ihre Wiege geneigt habe, und an die maßlose Liebe zurückdenken, die wir beide ihr entgegenbrachten und die uns einte, an unsere gemeinsame Angst, als sie krank war und hustete, an unser Glück vor kurzem noch, wenn wir sie sonntags draußen vor der Stadt bei einer alten Verwandten Luis' besuchten, die sie in Kost genommen hatte, bis wir imstande wären, sie zu uns zu nehmen, nämlich wenn wir erst verheiratet wären und eine Wohnung gefunden hätten. Wir hatten beschlossen, mit der Heirat so lange zu warten, bis wir genügend Ersparnisse gemacht hätten, um nicht gerade in einer Hundehütte wohnen zu müssen und einigermaßen anständig leben zu können. Daran hat nur wenig gefehlt.

Der Beruf, den Luis Lozano ausübte, ist beinahe unbekennbar. In unsern (zahlreichen) Augenblicken der Wohlgelauntheit haben wir häufig darüber gelacht. Luis ist (oder vielmehr: war, da er für mich nicht mehr existiert und ich mich daran gewöhnen muß, mein ganzes Leben als etwas Vergangenes zu betrachten, wie eine Tote) Nachtportier in einem kleinen Motel, wo er Zimmer mit Garage an illegale Liebespaare vermietete; sie kamen und suchten um eine provisorische Unterkunft nach, die bequemer und diskreter war als das Innere ihrer Wagen. Einen guten Teil des Tages über schlief er; seinen Dienst versah er von fünf Uhr nachmittags bis zum andern Morgen. Einen Abend der Woche hatte er frei; und dann ging er in Kneipen oder Tanzsäle; er war zu sehr ans Wachsein gewöhnt, als daß er vor jener Stunde hätte einschlafen können, da die meisten Menschen aufstehen und frühstücken. Auf diese Weise war ich ihm begegnet, in einer der Nächte rechtmäßigen Freiseins vom Dienst, in denen er versuchte, die Zeit mittels Alkohol und Lärm totzuschlagen, bis er müde wurde. Ich besuchte ihn im Büro des Motels, in seiner ›Fabrik‹, wie er zu sagen pflegte, täglich oder fast täglich, wenn ich mit der Arbeit fertig war und auf der Straße eine Kleinigkeit gegessen und wenn er seine vor dem Abendessen kommenden Gäste untergebracht hatte. Die für die Nacht stellten sich erst später ein, und wir taten unser Bestes, die Zwischenzeit gut auszufüllen! Da er, seiner Tätigkeit wegen, nicht zu mir in mein armseliges Zimmer kommen oder mich in dem seinigen empfangen konnte und da ich in der Werkstatt war, wenn er im Bett lag, hätten wir einander wöchentlich nur ein einziges Mal lieben können, sofern wir uns nicht das Motel zunutze gemacht hätten. Es lag in der Nähe des Bahnhofs auf einem nur andeutungsweise umzäunten Gelände und bestand aus zwei langen Reihen mit Teerpappe gedeckter, abwechselnd weiß und rosa getünchter Baracken; sie säumten eine Art steiniger Gasse, an deren Ende unter einem ziemlich großen Baum der Pavillon für die Bedienung gelegen war; es gab dort auch eine intime Bar, und Luis oblag die Kontrolle über die Flaschen. Ein Hausmädchen ging ihm zur Hand; sie hatte nichts zu tun als die Bettwäsche zu wechseln und die Getränke in die Zimmer zu tragen, die alle zu ebener Erde lagen, unmittelbar neben der Garage, mit der sie durch eine kleine Tür neben dem Badezimmer verbunden waren; nur ein paar Schritte, und man gelangte vom Wagen zum Bett, ohne daß Gefahr bestand, von jemandem gesehen zu werden. Ein Hupenstoß oder ein Scheinwerferstrahl im Fenster, und Luis mußte von mir gehen; er sprang dann immer aus dem Bett, zog mit einer an Wunder grenzenden Fixigkeit seine Sandalen, seinen Pullover und seine Hose an, lief ans Einfahrtstor, kassierte, machte eine verfügbare Garage auf und kam dann so schnell wieder zu mir, daß mir war, als habe meine Lust keine Unterbrechung erlitten. Ich war glücklich.

Gestern habe ich nach Schluß der Arbeit in der Werkstatt Mara noch ein bißchen Gesellschaft geleistet; sie hatte mir vorgeworfen, ich kümmerte mich zu wenig um sie; dann ging ich früher als sonst zu Luis; es darf nicht vergessen werden, daß wir uns in der Jahreszeit der abendlichen Regengüsse befinden, und der Himmel hatte ein besonders bedrohliches Aussehen. Als ich anlangte, begannen die ersten Tropfen zu fallen. Ich hatte nichts zu mir genommen, und auch Luis hatte noch nicht zu Abend gegessen, aber dafür hatte er mit einem vergnügungssüchtigen oder von Hemmungen heimgesuchten Paar, das durch immer erneute Trankopfer den Augenblick des Alleinseins zwischen vier Wänden, des Aufdeckens des Bettes und des Zuschiebens des Riegels hinauszögern wollte, mehrere Schnäpse getrunken. Wir fanden gefüllte Pfefferschoten im Kühlschrank, die mit einer roten Sauce überzogen waren, wir nahmen uns lauwarme, weiche Maiskuchen und einen Topf Guayavenkonfitüre und eilten, da das Motel noch leer oder fast leer war, in das beste Zimmer, wohin Luis schon im voraus eine Literflasche weißen Rum gebracht hatte. Wir zogen uns aus, stellten die Eßdinge zwischen uns auf die Bettdecke und schwelgten; Luis trank aus der Flasche, und zwar schneller und maßloser, als wenn er ein Glas gehabt hätte; ich blieb nach ein paar Schlucken lieber durstig. Dabei brannten mir bereits Mund und Hirn, aber der Wasserhahn verlockte mich kaum; nicht, daß ich, wie die Vergnügungsreisenden, Angst vor Amöben gehabt hätte; aber ich war zu faul, aufzustehen und von meinem Gefährten wegzugehen. Luis, so schien es, war an jenem Abend mehr dem Alkohol als der Liebe geneigt; er war mit genauer Not zwei- oder dreimal mit der Hand über meinen nackten Körper gefahren, wie man ein zitterndes Pferd streichelt, und ich wartete noch immer darauf, daß er geruhte, sich ernstlicher mit mir zu befassen, als das Gewitter mit einer Heftigkeit losbrach, die mich unerhört dünkte; ich verglich sie in Gedanken mit dem, was man sich von den schlimmsten Bombenangriffen erzählt, und dem, was der Weltuntergang zu werden verheißt.

Daß der Donner, statt zu rollen, ohrenbetäubend knallte und fast mit den Sekunden zusammentraf, da das Dunkel in einem mächtigen Flammenstoß aufleuchtete, bedeutete, wie ich wußte, daß das Gewitter über uns stand und daß wir uns mitten in dem den Blitzen ausgesetzten Bereich befanden; aber das Wissen um die Gefahr war nicht so unerträglich wie das Zittern unserer Baracke in Wind und Regen (oder Hagel); es machte Lärm wie eine Negertrommel oder vielmehr wie an die tausend Trommeln, die von einem Volk von Riesen gerüttelt und geschlagen werden. Ich bebte wie ein inmitten eines solchen gigantischen Konzerts an einen Pfahl gebundenes Tier, ich schwitzte schrecklich, ich verspürte den Drang, mich zu übergeben. Im gleichen Maß wie dem atmosphärischen Phänomen, das draußen tobte, hätte ich, dessen bin ich sicher, mein Übelbefinden der schweren Nahrung zuschreiben müssen, die ich im Übermaß und allzu hastig in mich hineingeschlungen hatte, ohne, bis auf ein bißchen Rum, etwas dazu zu trinken; aber ich überlegte, ob ich nicht abermals schwanger war. Mein Körper strömte einen säuerlichen Geruch aus, wie ich ihn nie zuvor so kräftig wahrgenommen hatte; er ähnelte dem einer umgefallenen Batterie von Akkumulatoren. ›Es kommt von dem Gewitter; das hat mich mit Elektrizität aufgeladen‹, sagte ich mir, ›und deshalb rieche ich so stark.‹ Zwischen zwei Donnerschlägen drang das Geheul einer Hupe zu uns, der wütende Ruf eines Wagens, der im Hof hielt und wartete; wir hatten nicht gemerkt, daß er da war, weil die unaufhörlichen Blitze uns die Scheinwerfer nicht hatten sehen lassen. Luis zog sich den Regenmantel an, den er mit ins Schlafzimmer genommen hatte, und hastete hinaus. Als er fluchend und durchnäßt wiederkam, lag ich zusammengekauert und gefühllos da, unzugänglich für seine Hände. Er erboste sich und trank mehrmals hintereinander. Nach einem Blitzschlag, der noch heftiger als die andern war, erlosch alles Licht im Motel. Diesen Augenblick suchte sich ein weiterer Wagen für sein Kommen aus; unter großer Lärmentfaltung verlangte er Zimmer und Garage. Abermals ging Luis hinaus, völlig nackt unter seinem Regenmantel, mit bloßen Füßen. Noch schlechter gelaunt kam er wieder, nach längerem Draußensein, da das Paar hatte Kerzen haben wollen, damit Licht in seinem Zimmer war; er hatte sie aus der Bar holen müssen, und ich glaube, sie haben sich über ihn lustig gemacht, seiner schmutzbedeckten Füße und seines Regenmantels wegen, der aus leicht durchsichtigem Stoff war. Ich hatte mich ganz unten auf den Bettvorleger gelegt und mich in die aus dem Bett gefallene Decke gewickelt; er stieß mich mit dem Fuß, und ich weiß nicht, ob das ein Tritt oder eine Zärtlichkeitsbezeigung war, und ich glaube, er hat es so wenig gewußt wie ich; aber sei dem, wie ihm wolle, es machte mir nichts aus, ihm als Fußreinigungsmatte zu dienen. Als er sah, daß ich nicht reagierte, ließ er mich in Ruhe und wandte sich der Flasche zu. Ein paar mit Schluckgeräuschen abwechselnde Knurrlaute machten mir verständlich, daß er mich im Verdacht hatte, ich hätte während seiner Abwesenheit getrunken und sei restlos voll.

Nach einer Weile, die mir kurz vorkam, so sehr hatte ich mich in ein Gefühl der Erniedrigung und Verlorenheit eingewühlt und darin tiefen Frieden gefunden, strahlten die Lampen wieder auf. Das Gewitter zog davon, der Regen hatte aufgehört, wenigstens beinahe; das Grollen des Donners war kaum noch vernehmlich. Ich riß mich körperlich und innerlich zusammen, um imstande zu sein, zu meinem Geliebten hinaufzuschlüpfen und in die Gemeinsamkeit zurückzukehren. Einfacher ausgedrückt: ich kroch neben ihn ins Bett; ich umschlang und küßte ihn.

Er nahm mich übel auf, kam mir aber nicht mit Vorwürfen. Ich merkte: Er war mir genauso fern, wie ich kurz zuvor ihm fern gewesen war, und daß, während ich mich in eine stille Demut hatte sinken lassen, er in eine tiefe, eisige Betrunkenheit gestürzt war, die ihm eine Art Seligkeit bescherte und ihn von der Liebe ausschloß. Ich fand im Bett einen Einzelgänger vor, wie ich auf dem Bettvorleger eine Einzelgängerin gewesen war. Vergebens bemühte ich mich, ihn zu rühren, vergebens versuchte ich, durch Worte und Tun den unterbrochenen Kontakt wiederherzustellen. Es endete damit, daß er mich ziemlich roh am Arm packte und aus dem Bett warf, worauf er mir befahl, mich schleunigst anzuziehen und zu machen, daß ich wegkäme; ich solle gehen, wohin ich wolle, mich dem erstbesten preisgeben, wenn ich Lust dazu hätte, alles tun, was mir grade einfalle, vorausgesetzt, daß ich verschwände und er mit seinem guten Zuckerrohrsaft seine Ruhe habe. Ich glaube, er wäre gewalttätig geworden, wenn ich nicht gehorcht hätte; von Charakter war er ein Zuhälter, wie es in unserm Volk gang und gäbe ist; bei uns setzen die Männer ihre Ehre darein, allen und jedem ihren Willen aufzuzwingen. Also zog ich mich an, ohne daß es provozierend wirkte; ich hoffte, es werde ein Wagen kommen, ehe ich fertig sei, so daß er ein Zimmer aufschließen müsse, was ihn von seinen schlechten Gedanken abbringen werde; wenn er sich mir dann beim Wiederkommen auch nicht genähert hätte, so würde er doch vielleicht darauf verzichtet haben, mich hinauszujagen. Verlorene Mühe. Wahrscheinlich hatte der Regen das Liebesverlangen abgekühlt, und obwohl es die übliche Stunde für das Eintreffen von Pärchen war, kamen kein Scheinwerfer und keine Hupe mir zu Hilfe. Da ich, nebenbei gesagt, nur einen Schlüpfer, einen Büstenhalter, einen Rock und eine Bluse mit recht wenigen Knöpfen anzuziehen hatte und keine Strümpfe trug, sondern Indianersandalen, die wegen eines Riemens, der zwischen zwei Zehen hindurchgeht, nackte Füße bedingen, fiel es mir schwer, auf mein Anziehen allzu lange Zeit zu verschwenden. Er wurde zwischen zwei Schlucken aus der fast geleerten Flasche bereits ungeduldig. So wickelte ich mich denn in meinen wollenen Rebozo und ging kleinlaut durch die Garagentür hinaus.

Zwar hatte es seit einer Weile aufgehört zu regnen; aber der Zugang zum Motel war dennoch überschwemmt: eine Art

Schlammkanal, durch den ich elendiglich zwischen wakkelnden Steinen, schwankenden Planken, leeren Konservendosen und Betonbrocken hindurchpatschen mußte, ehe ich an das Eingangstor gelangte. Dort sah ich Pfützen düsteren Wassers, die die ganze Breite der Fahrbahn einnahmen, und vom Wind abgerissene Zweige lagen auf dem Asphalt und den Gehsteigen. Kein Wunder, daß die Stadt ungeachtet der noch nicht gar so späten Stunde menschenleer war. Bis zu meiner Wohnung war es ziemlich weit. Anstatt auf Straßen heimzugehen, wo viel Verkehr herrschte, was die zurückzulegende Strecke merklich verlängert haben würde, schlug ich einen Abkürzungsweg ein, nämlich eine Straße, die durch ein in üblem Ruf stehendes Viertel führte; Luis hatte mir nie erlaubt, bei Dunkelheit hindurchzugehen. Bislang hatte ich ihm gehorcht; aber er hatte sich so schlecht benommen, daß das Verbot hinfällig geworden sei, dachte ich.

Während gut der Hälfte des Wegs begegnete ich niemandem. Aus Vorsicht hatte ich mir anfangs auferlegt, in der Mitte der Straße zu gehen; allein dort war der Boden dermaßen aufgeweicht und es gab, bei schlechter Beleuchtung, so viele tiefe Löcher, daß ich bald auf den Fußsteig überwechselte, der, obwohl kaum in besserem Zustand, wenigstens den Vorteil bot, sehr hoch und deswegen verhältnismäßig trocken zu sein. Ich kam an armseligen Häusern vorüber, Licht fiel nur aus den Türen kläglicher Bars; sie waren mit zweiflügligen Laden geschlossen und ließen die Köpfe und die Füße der Trinkenden sehen; auch Schaufenster waren erhellt, und es waren ausnahmslos die billiger Beerdigungsinstitute. Denn in diesem Armeleuteviertel lassen die Nutznießer des Todes, vielleicht aus Stolz auf ihr schönes Material oder um die Vorübergehenden an das Schicksal zu gewöhnen, das jedem Lebewesen bestimmt ist, wenn nicht gar, um die Mörder anzustacheln, die ganze Nacht hindurch ihre Schaufensterbeleuchtung brennen. Es wird erzählt, sie steckten unter einer Decke mit den Prostituierten, die in der Nähe auf den Strich gehen oder in ein paar Tavernen träge herumhocken, die ausnahmsweise nicht der männlichen Trunkenheit streng vorbehalten sind. Ich weiß es nicht. Bekanntlich erweckt im Mann nichts so sehr das Verlangen nach Huren wie der Gedanke an den eigenen Tod oder den der Seinen.

Um mich auszuruhen, denn in zweitausend Metern Höhe werden die Beine rasch müde, blieb ich vor einem dieser Schaufenster stehen, in dem schwarze und rosa Särge in einem Dekor von Palmen und Bananenblättern an dicke, zwischen grünen Algen in einem Aquarium schlafende Fische denken ließen. Der Eindruck wurde noch verstärkt durch das Licht; es sah aus, als werde es durch trübes Wasser gefiltert; das rührte von der etwas schmutzigen Scheibe her, auf der ich die hochmütige (oder eitle) Inschrift las: ›Virgula*-Särge setzen den Schlußpunkt!‹ Trotz meiner innern Not habe ich lächeln müssen, und in diesem Augenblick packte der Mann mich beim Handgelenk.

Ohne daß ich es gemerkt hatte, war er aus dem Laden herausgetreten; die kleine Tür bewegte sich noch; sie lag etwas tiefer als der Fußsteig. Hatte er mich, verborgen hinter den großen Blättern, vom Innern aus erspäht? Das könnte sein. Ich dachte nicht daran, zu schreien, denn erstens war meine Verzweiflung so tief, daß ich vor nichts auf der Welt mehr Angst hatte, und zweitens kam der Mann mir nicht eben furchterregend vor. Pedro Virgula, der Sarghändler, war mir bekannt, wenigstens von Ansehen, wie allen Bewoh-

* Unübersetzbares Wortspiel mit Virgula = Komma.

nern und den meisten Stammgästen dieses Viertels; er bedachte die Vorübergehenden immer mit blumigen Komplimenten. Er war eher alt als jung, aber flink und munter, hatte einen niederhängenden Schnurrbart, einen dicklippigen Mund und kleine Augen mit undurchsichtigem Blick unter Brauen, die zu dünn waren, als daß ihre Zeichnung hätte natürlich sein können. Seine nackten Füße steckten in Pantoffeln; er trug ein dunkles Hemd, das über einer breit geschnittenen, an den Fußgelenken engen Hose herausquoll. Und er wiegte sich in einem fort wie ein Zirkusaffe.
»Hübsche Frauen haben stets die Nase an der Schaufensterscheibe der Modegeschäfte«, sagte er zu mir. »Das kann auch nicht anders sein: sich anziehen, sich ausziehen, sich wieder anziehen, sich wieder ausziehen und so weiter, darin besteht euer Lebensinhalt, alles, was man als euern Beruf bezeichnen könnte. Die Kleider sind für die Frau erschaffen wie die Frau für die Kleider. Aber die meinen muß man aus der Nähe betrachten, du Hübsche: es sind tatsächlich Kleider nach der letzten Mode, Kleider, die niemals an den Tag gebunden sind ... Man muß von der andern Seite kommen und die ganze Auswahl anschauen, das kostet nichts, du Schöne.«
Ohne mich loszulassen, schob er mich durch die Türöffnung, schloß hinter mir ab und steckte den Schlüssel in die Tasche. Auch dann noch hätte ich schreien können, tat es aber nicht, und ich leistete nur geringen Widerstand. Er drehte an einer Kurbel, was bewirkte, daß langsam der eiserne Vorhang draußen vor der Schaufensterscheibe niederglitt. Nach einem lang andauernden Knirschen des Eisenblechs erkannte ich an einem dumpfen Geräusch, daß der Vorhang unten angelangt und daß ich inmitten der Särge gefangen war.

Anstatt mich zu sträuben oder zu jammern, betrachtete ich voller Neugier die großen Kisten und wunderte mich, daß sie dem Auge so angenehm waren. Der Raum war tiefer, als man bei einem Blick durch das auf den Bürgersteig hinausgehende Schaufenster hätte meinen können, und die vier Sargreihen bildeten darin drei Gänge, von denen sich nicht deutlich feststellen ließ, wo sie endeten. Ein Geruch nach neuem Holz und englischen Drops – der letztere rührte von dem frischen Lack her – schwang in der Luft.

»Frau«, sagte Pedro Virgula, »dein Näschen tut sich weit dem Geruch meiner Stoffe auf. Du hast recht, wenn du mehr Begehrlichkeit als Furcht verspürst. Schönen Leckermäulern und hübschen Wißbegierigen widersteht nichts. Die ganze Welt bietet sich zum Verkauf dar und rollt ihnen zu Füßen wie eine große Woge ... Jetzt komm mit in den Probiersalon.«

Er packte mich bei den Schultern und stieß mich in den dritten Gang, zwischen Wände schwerer, schwarzer Särge, die immer höher wurden, je weiter wir gingen. Hinten im Raum wichen die Särge auseinander (natürlich auf Kosten des Mittelgangs) und bildeten eine Art enger Kammer, von deren Bodenfläche zwei Drittel durch eine bogenförmige Aufreihung kleiner Kindersärge abgetrennt wurden; sie waren mit Weiß und Gold bemalt und mit Engelflügeln und Engelköpfen geschmückt. Auf den Deckeln von mehreren standen silberne Kandelaber. Ein Sarg von normalen Maßen, aber blau und rosa angestrichen, stand jenseits dieser Trennlinie, und davor standen drei andere, parallel zu dem Halbkreis. Diese unheimliche Anordnung löste in mir kein größeres Erschrecken aus, als ich es angesichts Pedro Virgulas verspürt hatte; denn vollauf wie der Rahmen einer gesellschaftlichen oder religiösen Zeremonie wirkte sie überaus harmlos und dumm und vor allem wie eine riesengroße Kinderei. Ja, niemand als ein Kind (notfalls ein altes) hätte auf den Gedanken dieses makabren und spielerischen Aufbaus verfallen können, bei dem die Särge so eingesetzt waren wie für gewöhnlich Würfel, Dominosteine oder feuchter Sand.

»Sieh«, sagte Virgula, »das ist mein kleines Tivoli-Theater. Auf den großen Bühnen wackeln die Frauen mit Hinterteil und Bauch im Licht der Scheinwerfer, sie zappeln vor den Zuschauern im Parkett hin und her, ziehen sich mehr oder weniger aus, zeigen ihre Beine, ihre Schultern, ein bißchen von der Brust, aber alles übrige zeigen sie nicht, der Polizeivorschriften wegen. In meinem Privattheater ist das anders. Hier wird keine Einschränkung geduldet. Und wie sollte man auch nur das spärlichste Fädchen am Leibe behalten, das frage ich dich, wenn es einem gestattet wird, im Bühnenbild der ewigen Mode aufzutreten? Im allgemeinen verstehen die Frauen das sogleich; wenn nicht, so nehme ich es auf mich, es ihnen verständlich zu machen.«

Er wurde sichtlich aufgeregter, und wenn ich bei klarem Verstand gewesen wäre, hätte es mir diesmal nicht an Gründen zur Furcht gemangelt; aber ich habe bereits gesagt, daß ich von Sinnen war, oder doch gewissermaßen, und daß für mich nichts mehr Bedeutung besaß, seit Luis mich aus seinem Bett und dem gewittrigen Schlafzimmer vertrieben hatte. Ohne geradezu das Schlimmste herbeizuwünschen, schickte ich mich schon im voraus darein, im Wissen, daß ich darin einen gewissen inneren Frieden finden würde. So beobachtete ich denn Pedro Virgula voller Neugier (die Neugier war nämlich die einzige Leidenschaft, die nicht von mir gewichen war), da die Katastrophe, auf die ich mich gefaßt machte, sich in seinen bizarren Bemerkungen anzudeuten begann. Mein Entführer schaute mich gleichfalls an; er warf mir vor, daß ich weder langes Haar noch Handschuhe trüge; dann fragte er mich, ohne sich auf weiteres einzulassen, nach meinem Namen. Ich nannte ihn, und ich sagte ihm auch, es erübrige sich, daß er seinerseits sich vorstelle; denn ich wisse ganz genau, wer er sei. Darauf befahl er mir, auf die Bühne zu gehen oder, genauer gesagt, über die Reihe der kleinen Särge hinwegzusteigen und in dem Halbrund zu verbleiben. Nun er gemerkt hatte, daß ich mich allen seinen Befehlen fügte, steckte er die Kerzen auf den Armen der Kandelaber an, vermutlich aus Besorgnis, es könne seinem wahnwitzigen Bau etwas ermangeln, obwohl der Raum schon zur Genüge durch die von der Decke niederhängenden elektrischen Lampen beleuchtet war.

»Und jetzt werden wir das Vergnügen haben, Fräulein Mariana Guajaco die Passacaglia der Zeit und der Mode tanzen zu sehen«, rief er. »Die Frau ist etwas übertrieben Zeitliches, und ihr dringlichstes Verlangen ist es, *unmodern* zu sein« (er lieh diesem Wort eine geradezu verletzende Betonung). »Nur durch Zurückweisung der gewöhnlichen Mode, das heißt: durch Freiwerden von den Forderungen der Jahreszeit oder der gegenwärtigen Minute, kann man zur letzten Mode gelangen, der der Ewigkeit. Mein Ehrgeiz ist es, der Damenschneider zu sein, der unmodern macht; mein Wahlspruch, und ich strafe ihn nicht Lügen, verkündet, meine Werke setzten den Schlußpunkt. Ja. Das Tivoli-Theater in seiner vollkommensten Form, überprüft und verbessert von Pedro Virgula, ist vor allem ein Mittel, die Frau unmodern zu machen und sie dem ewigen Kostüm anzupassen!«

Da ich nicht alles, was er sagte, begriff, sah ich ihn mit Kalbsaugen an (meine ich). Diese geduldige Haltung gefiel ihm unglücklicherweise nicht, er wurde zornig, zog sein Rasiermesser aus der Tasche, klappte es auf und fing an, wütend damit herumzufuchteln, wobei er mir eine gebieterische Rede hielt: »Beeil dich, Mädchen, das Publikum hat schon allzu lange gewartet. Vergiß nicht, daß das Publikum, auch wenn es nur aus einem einzigen Zuschauer besteht, anspruchsvoll ist, denn schließlich bin *ich* es. Und vergiß auch nicht, daß ich alle, die sich sträuben oder übertrieben prüde sind, mit Rasiermesserhieben ausziehe. Wirklich schade um die Haut, wenn sie so untrennbar mit Wolle und Baumwolle, mit Nylon, Kunstseide oder Seide verhaftet ist! Wenn du sie dir zu dem guten Gebrauch erhalten willst, den dein Mann oder deine Liebhaber davon machen, oder auch nur, um dein Nervensystem, dein Skelett und deine Adern mit einem epidermischen Gewebe zu bedecken, dann zeig sie vor wie im Tivoli, besser als im Tivoli! Entschäle dich, kleine Mangofrucht, hüte dich vor dem Messer ...«

Hätte er, um mich einzuschüchtern, sich eines Revolvers bedient, dieses unentbehrlichen Begleiters jedes männlichen Wesens in meiner Heimat, so hätte ich der Drohung getrotzt, und zwar voller Gleichmut; aber das in der behaarten Hand blinkende und blaue Blitze aussendende Rasiermesser überstieg alles, was auch das verhärtetste Herz hätte ertragen können. Die vor den Kerzen (den Rampenlichtern der Bühne) fuchtelnde Klinge war wie ein von einem Affen unversehens geschwungener Feuerbrand; bei ihrem bloßen Anblick war mir, als gleite sie über mich hin und dringe in mich ein. Es durchschauerte mich; doch das hatte nichts mit Todesangst zu tun. Und ich gehorchte im gleichen Maß, wie er es wünschte, weit mehr, als er es sich in seinen kühnsten Mutmaßungen versprochen hatte.

Das Tivoli-Theater war mir nicht unbekannt. Luis hatte

mich eines Tages in dieses volkstümliche Unternehmen mitgenommen; zuvor hatte er mich darauf hingewiesen, ich werde wahrscheinlich die einzige meines Geschlechts sein, und die Männer würden mich mit beleidigenden Scherzen überschütten; aber ich hatte unter den Anzüglichkeiten nicht mit der Wimper gezuckt und eine befremdliche Erregung verspürt, als ich auf der Bühne mehrere Frauen hatte paradieren und langsam sich entkleiden sehen; einige von ihnen waren sehr hübsch. So zog ich mich denn also aus und ahmte nach bestem Vermögen die langsame Art und Weise jener nach, wobei ich mich indessen hütete, ihr Lächeln oder ihre verheißungsvollen oder herausfordernden Gesten nachzuäffen. Wie der Herr der Stätte es nacheinander wünschte, legte ich zunächst meinen purpurnen Rebozo zu Füßen der Sargtrennwand nieder, ich streifte die Armbanduhr ab, den Ehering mit dem Herzen in zwei einander drükkenden Händen, den ehedem meine Mutter getragen hatte, meine Ohrringe, kleine goldene Vögel, die Luis mir geschenkt hatte und die mir lieb waren, und warf dies alles in einen offenen Sarg; dann zog ich die Schuhe aus, denn der Tyrann wollte mich barfüßig sehen – meine Sandalen mußte ich meinen armen Schmuckstücken zugesellen; darauf knöpfte ich träge meine rosa Bluse auf, wobei ich tat, als verspüre ich Hemmungen, die Arme aus den Ärmeln zu ziehen, obwohl diese weit waren; ich löste den Gürtel, der meinen breit schwarz und rot gestreiften Rock festhielt, und als die Kleidungsstücke am Boden lagen, mußte ich mich bücken, sie aufnehmen und gleichfalls in den Sarg werfen; ich drehte mich um, damit er sehe, wie meine Finger auf dem Rücken meinen malvenfarbenen Büstenhalter losnestelten, und drehte mich abermals um, als er zu sehen verlangte, wie meine Brüste aus ihrer dünnen Hülle hervorkämen; und schließlich zog ich das bestickte Nylonhöschen aus, die luxuriöse Zierde meiner Nächte im Motel; es kam mir entstellt vor wie ein verwelktes Alpenveilchen, mit Recht für den Sarg bestimmt, in dem es verschwand wie der übrige Putz. Bei jedem Bekleidungsstück, das in den Leichenschrein fiel, hatte ich gemeint, ich risse mir einen Fetzen meiner fleischernen Basthülle ab, wie es heißt, daß die Derwische es bei ihren wirbelnden Festbräuchen tun, und als ich ganz nackt war, geschah es, daß ich, ja, meinen Körper zwar noch sah, ihn aber nicht mehr spürte (oder richtiger: ich nahm ihn wahr wie den einer andern Frau, wobei ein leises Mitleid über das ihrer wartende Schicksal in mir aufstieg). Trotz seiner zur Schau getragenen rohen Stumpfheit merkte Pedro Virgula nur zu bald, in welchem Maße ich abwesend war (nicht in meinem Körper, nicht auf der Bühne, nicht in dem Raum, der ihn und mich umschloß), und er warf mir vor, man müsse lachen und seine Augen glänzen und funkeln lassen, wenn man nackt sei, oder weinen und jammern und sich die Hände vorhalten im vergeblichen Versuch, sich zu verhüllen. Ohne daß sie meinem Willen (der, wie ich meine, ausgelöscht war) widerstrebt hätten, lag jede dieser beiden Verhaltensweisen heillos jenseits meiner Fähigkeiten; ich gab dem Sarghändler keine Antwort, und er blieb unbefriedigt. Als er verlangte, ich solle tanzen oder doch wenigsten auf der Bühne hin und her gehen oder Drehungen und Schwenkungen vollführen wie ein Revuegirl, gehorchte ich ihm ebensowenig, denn seit ich die Entblößung über mich hatte ergehen lassen, besaß sogar das Rasiermesser keine Macht mehr, und nichts in der Welt wäre so furchtbar gewesen, mir Schwung zu geben. Da trat er breitbeinig über die weiße Schranke hinweg, kam auf mich zu und zwang mich, mich im vollsten Licht der Kandelaber auf den staubigen Boden zu legen. Dort untersuchte er längere Zeit meinen Körper von allen Seiten, wandte und drehte ihn hin und her, ohne ihm Muße zum Verlassen seiner gemeinen, verächtlichen Stellung zu gönnen, und genoß schließlich seine Lust. Wievielmal, das könnte ich nicht sagen; ihn selber müßte man fragen, um, was das betrifft, eine genaue Antwort zu erhalten (vorausgesetzt, daß er dabei nicht allzusehr prahlen würde, was zweifelhaft ist!). Ich war wie von dem Akt ausgeschlossen, befangen in einer immer weiter entrückenden und immer stärker sich bekundenden Geistesabwesenheit, die bei jemandem, der äußerlich und innerlich so erniedrigt war wie ich, als Hoffart hätte ausgelegt werden können. Ich nahm nicht das mindeste von alledem wahr, was er mit dem Körper trieb, von dem ich schon gesagt habe, daß ich aufgehört hatte, ihn als den meinen zu betrachten. Gedanken durchzuckten meinen Kopf, die wie das kurze Aufflammen einer von einem intermittierenden, spärlichen Strom gespeisten Glühbirne waren. Luis' Härte, als er mich hinausgeworfen hatte (wie einen Hund, wie eine Dienstmagd), nahm eine konkrete Form an, und zwar die der schweren, schwarzen Särge, deren Nähe mich zermalmte, und dann wich jene Last durch ein ganz anderes Bild von mir, und ich sah das Gesicht meines schönen Engelskindes Marianita vor mir, wie es mich aus all den kleinen Fenstern all der kleinen weißen und rosa Särge anlächelte. Das Kind patschte mit den Händen gegen das Glas, streckte mir die Arme entgegen, brachte es aber nicht zuwege, daß das durchsichtige Trennende wich, und ich dachte, da es sich zum Glück im Reich der Lebenden befinde, müsse ich ins umfassendere Reich der Toten hinabgestiegen sein. Die Gestalt des Sarges muß im gleichen Maße, oder mehr, wie die des menschlichen Körpers (das sagen die alten Bücher

der Hebräer aus) einer geheimen Vollkommenheit teilhaftig sein, da alle meine Gedanken sich seiner bedrückenden Form einschmiegten, seinem bedrängenden Umriß folgten. Kurzum: ich war zwar dem Rohling gegenüber, der meinen Körper quälte, fühllos, wurde indessen heimgesucht von einem unablässigen, mein Inneres plagenden Ansturm von Totenbahren. Später (nach Stunden oder Minuten, von deren Zahl ich genausowenig auszusagen vermag wie von ihrem Inhalt) merkte Pedro Virgula wahrscheinlich, daß es langweilig sei, sich allzu lange mit einem leblosen Körper zu verlustieren, oder aber er war müde geworden. Er stand auf, versetzte mir einen Fußtritt (er riß mich aus meiner Bewußtlosigkeit, und ich empfand ihn als doppelt grausam, weil er mich jäh an die schlechte Behandlung zurückdenken ließ, die ich durch Luis erlitten hatte) und sagte:
»Jetzt, Mädchen, kannst du klagen und jammern, wenn du willst. Alle Welt wird dich auslachen.«
Ohne auch nur meinen Rebozo an mich zu raffen, nackt wie ich war, lief ich zur Ausgangstür, konnte sie indessen nicht öffnen. Er hatte mich in das Sargmagazin eingesperrt; es brannten darin nur noch drei elektrische Birnen; sie schwankten schwach, als die Tür zuschlug, am Ende ungleichmäßig langer Drähte.
Ich bin nackt und besudelt, und ich habe kein Verlangen mehr, mich zu säubern und anzuziehen. Überdies habe ich kein Wasser, und meine Kleider sind in einen Sarg geworfen worden wie ins Feuer oder ins Meer; mir ist, als sei es meinen Händen nicht verstattet, sie herauszunehmen. Um mich vor der Nachtkälte zu schützen, könnte ich mich höchstens in meinen roten Rebozo hüllen, da dieser Schal bloß auf den staubigen Boden gefallen ist, auf den auch ich gefallen bin. Aber ich möchte mich gar nicht vor der Kälte

schützen; ich leide nicht allzu sehr darunter, obwohl sie nach dem eisigen Regen, den das Gewitter über die Stadt ausgeschüttet hat, heftig sein muß. Wenn Pedro Virgula sich morgen noch einmal an mir ergötzen will, was in Anbetracht des Umstandes, daß er mich in seinen Laden eingeschlossen hat wie ein als Vorrat in einen Kühlschrank gelegtes Stück Fleisch, immerhin möglich ist, so wird er mich bereit und gehorsam vorfinden. Auf seinen ersten Wink hin werde ich mich im Staub ausstrecken. Aber er wird es nicht erleben, daß ich meine Kleider an mich nehme, sofern er mir keine neuen bringt oder sofern er mich nicht mittels seines Rasiermessers dazu zwingt, die alten wieder anzuziehen; beides ist wenig wahrscheinlich, denn der Mann, der sich darin gefallen hat, zuzuschauen, wie ein Mädchen sich nach und nach entblößte, dürfte es langweilig finden, dabeizusein, wenn ebenjenes Mädchen sich anzieht, um es alsdann abermals in den Zustand der Nacktheit zurückgleiten zu sehen. Jener Zustand wird also so lange der meinige sein, dessen bin ich mir nahezu gewiß, wie ich zwischen den Särgen verbleibe. Bis an mein Ende allem Anschein nach. Das stelle ich ganz schlicht fest, ohne mich zu bedauern oder mich darüber zu freuen, und ebensowenig bin ich, wie man sagt, ›schicksalsergeben‹; denn meine Gleichgültigkeit geht weit über alle Resignation hinaus, und ich sage es noch einmal: Wenn ich Mitleid mit meinem Körper haben könnte, so nur, wenn ich an ihn denke wie an etwas, das mir nie und nimmer gehört hat. So wandere ich denn also zwischen den großen, schwarzen Särgen (den Männersärgen), den blauen und rosa Särgen und den hübschen Kindersärgen auf und ab, den Kindersärgen, in deren einen ich meine kleine Marianita hätte betten können. Ich klettere oder springe über sie hinweg wie über Geräte in einer Frauenturnhalle, ich besteige sie wie Holzpferde, ich vollführe Luftsprünge, indem ich mich ihrer Griffe bediene, als seien sie Barrenstangen. Manchmal trete ich vor die Glasscheibe, deren Bestimmung es ist, den Bewohner der Sargkiste sehen zu lassen, und dieser schlechte Spiegel zeigt mir eine lange, graue Blume, das trübe Abbild meiner vertikalen Nacktheit, die Senkrechte zu der künftigen Waagerechten der liegenden. Ohne jede Verbindung oder sonstwie geartete Gemeinschaft mit dem Volk der Männer und Frauen, den Menschen, aller wechselseitigen Verantwortung ledig und allem gegenüber teilnahmslos, auf immer der Liebe entrückt, in einem Zwischenzustand zwischen Leben und Tod, zwischen Fleisch und Staub, zwischen Augenblick und Ewigkeit, habe ich (und werde ich aller Wahrscheinlichkeit nach nie haben) keine andere Rolle, als über die Behältnisse künftiger Leichen einen Körper zu neigen, der vergewaltigt worden ist. Und du, der du dich auf Kissen wälzt, mich anschaust und der Erzählung meines Abenteuers lauschst, du, der du denkst, ich sei ein in deinem Traum während der Betäubung, die einem guten Essen zu folgen pflegt, flüchtig aufgetauchter Abglanz: bist du sicher, daß dergleichen sich außerhalb deiner selbst vollzieht und daß jedes eurer Abenteuer oder jedes eurer Leben, als Träumer, als Leser, als Autor, etwas anderes ist als ein winziger Augenblick im Traum eines überdimensionierten Trunkenbolds, der sich auf seinen Wolken lümmelt, oder eine kitzelnde Unebenheit im Innern der unendlichen Gußform, aus der, vielleicht, das Universum hervorgegangen ist? Draußen, rings um das Sargmagazin und rings um das Zimmer, in dem du ruhst, ist tiefe Nacht. Hörst du das Heulen der Sanitätswagen, die hin und her fahren und eine Beute suchen?

Daniel Point schlug die Augen auf und glaubte zu sehen, wie in dem über ihm hängenden Spiegel eine Gestalt verschwand, als sei sie jäh ins Innere gezogen worden. Gleichzeitig hörte er einen grausigen Sirenenruf, den ein Sanitätswagen oder ein Polizeifahrzeug ausstieß; es durchraste mit Schnellzuggeschwindigkeit die Avenue und fuhr über eine nahe Straßenkreuzung hinweg. Als er sich gewiß war, daß es nicht wiederkomme, sann er über seinen Traum nach und meinte, dessen Ursache könne vielleicht auf dem Umstand beruhen, daß in der Stadt Mexiko die Viertel, in denen die Sarghändler hausen, zugleich die sind, in denen die Prostituierten auf Männerjagd gehen, und daß in jenem, das er tags zuvor durchschlendert, mehr als nur *ein* müdes junges Mädchen sich an das Schaufenster eines Bestattungsinstituts gelehnt hatte. Viele der von ihm vernommenen oder erträumten Worte hätten schwerlich von der kleinen Einwohnerin der Stadt Mexiko gesprochen sein können; sie trugen vielmehr die Merkmale der Phantasie des Träumenden. Dabei hatte keine einzige seiner Traumgestalten je eine so große Wirklichkeit besessen wie Mariana Guajaco ... Wie sollte er jemals zu einem genauen Urteil gelangen? Wirren Kopfes, wie nach einem Rausch, nahm er seinen Regenschirm und ging ins Freie, wobei er sich zumindest bewußt war, daß er abermals jenem Viertel zuging, übrigens in der schmalen Furcht, dort etwas zu begegnen, Mann, Frau, Tier oder Straßentragödie, etwas, das für sein Leben die ernstesten Folgen haben und die Fortsetzung einer Vision bilden würde, von der er sich sträubte zu glauben, daß sie nichts als Lüge oder eitel Phantasmagorie gewesen sei.

Der Diamant

Für Julien Gracq

... Wie eine lebendige Gallerte, in der das Licht sich vermöge der Auswirkung einer unbegreiflichen Zauberei in Fleisch verwandelt hätte.
Julien Gracq

»Die neuen Diamanten sind angekommen«, sagte der Vater zu Sarah. »Nimm den Tresorschlüssel an dich. Morgen früh siehst du sie dir an.«

Er hatte gesprochen, ohne vom Teppich aufzublicken, der einen seidigen, roten und braunen Untergrund um seine schmalen Füße bildete; seine Schuhe waren aus so weichem, geschmeidigem Leder, daß sie eher von einem Handschuhmacher denn von einem Schuster gefertigt zu sein schienen. Seine auf samtenen Armlehnen ruhenden Hände waren ebenfalls klein und hatten spitze Nägel. Sein Kopf dagegen war übertrieben groß, und er wirkte noch größer durch einen fahlroten Rundbart, der mit dem übermäßig gelockten Haar zusammengewachsen war, das sich wie ein Fächer auf der Rückenlehne des Armsessels ausbreitete. Monsieur Mose (Césarion-David) war Edelsteinhändler, genau wie seine Eltern, wie seine Vorfahren es seit mehreren Jahrhunderten gewesen waren. Außer seinem Geschäft und der Kundschaft verdankte er ihnen ein altes Haus im oberen Teil der Rue des Lions, dessen schöne, vergoldete Schmiedeeisenarbeiten allgemein bewundert wurden. Im Erdgeschoß jenes Hauses befand sich sein Laden; er wohnte im ersten Stock, und zwar zusammen mit seiner Tochter, die sicherlich eines Tages seine Nachfolge antreten würde, da er keinen andern Erben besaß.

»Wir haben seit langem auf sie gewartet«, sagte das junge Mädchen. »Ich bin gespannt auf den großen, bläulichen

Stein, den du so teuer bezahlen sollst; er müßte den Glanz des Planeten Venus ausstrahlen, wenn der alte Benaïm uns mit seiner Schilderung nicht hinters Licht geführt hat.«

»Der alte Benaïm hat mich noch nie hinters Licht geführt«, sagte der Edelsteinhändler. »Ich bin überzeugt davon, daß der Stein herrlich ist, aber ich will ihn mir erst nach dir ansehen. Es gebührt sich, daß zunächst eine Jungfrau die Kälte und das Feuer eines Diamanten beurteilt.«

Mit einer Bewegung, aus der Stolz sprach, hob das junge Mädchen den Kopf. Sie hatte große, düstere, grau und grün gesprenkelte Augen und ein ovales, bräunliches und sehr glattes Gesicht; sie hatte schwarzes, zu zwei Zöpfen geflochtenes Haar; sie lagen dort, wo die kleinen Brüste waren, auf einem Kleid aus absonderlich gemustertem Stoff: auf dem Rücken schwimmende Fische spielten zwischen Wasserblumen; ihr Hals und ihre Hände waren lang (und wirkten um so länger, da sie keinerlei Schmuck trug), ihre Beine waren sogar sehr lang.

Monsieur Mose schaute sie an.

»Du siehst aus wie eine Ringelnatter in der Sonne«, sagte er. »Die meisten Frauen werden durch funkelnde Steine gebannt wie Mäuse durch Schlagenaugen. Andere bleiben davon unberührt, aber in denen ist lediglich Gleichgültigkeit. Du hingegen, und das beruht vielleicht auf deiner wunderlich schlangenhaften Natur, bist sogleich im Einvernehmen mit den Steinen. Du verstehst dich darauf, sie richtig zu sehen, zu werten und zu wiegen, du sprichst mit ihnen, du streichelst sie; man könnte meinen, du dringest in sie ein, denn du hast mich auf Fehler hingewiesen, die den abgefeimtesten Antwerpener Händlern entgangen waren. Du tätest gut daran, nicht zu heiraten, wenn du dir die Freundschaft der wahrhaft noblen Steine, des Diamanten und des

Smaragds, erhalten willst. Jedenfalls aber bist du ganz anders als deine Mutter.«

»Ich habe nicht die Absicht, zu heiraten, und es freut mich, daß ich anders als meine Mutter bin«, sagte Sarah Mose.

Im Grunde hätte es sie große Mühe gekostet, sich jener zu erinnern, die wenige Jahre nach Sarahs Geburt gestorben war; aber Alben entnommene, auf Karton geklebte Fotos hatten sie oftmals eine Frau sehen lassen, die nach dem Geschmack vulgärer Männer (dachte Sarah) schön war, mit einem Schwall gelockten Haars, fett und (so schien es) aus allen Poren Fett ausschwitzend, beinahe übermäßig entblößt durch den Badeanzug oder die extravagantesten Abendkleider. Sarah hatte diese Aufnahmen zerrissen und dann verbrannt, und das einzige in der Welt, was sie ihrem Vater nicht verzieh, war, daß er sich durch ein so plumpes Geschöpf hatte verführen lassen, und dabei verdankte sie jenem Geschöpf ihr Dasein. Das letztere nun aber hatte sie nahezu vergessen; ihr wäre es lieber gewesen, wenn einzig ihr Vater sie geschaffen hätte. Im Widerspruch zu der üblichen Auffassung, denn häufig ist bei jungen Mädchen die entgegengesetzte Einstellung anzutreffen, rührte ihr Abscheu vor dem Vorgang des Gebärens von der starken, tiefen Feindseligkeit her, die sie angesichts der Bilder ihrer Mutter empfunden hatte.

Monsieur Mose, der in seiner Wohnung schweigsam und verschlossen war, antwortete nicht, und seine Augen wandten sich wieder dem Teppichmuster zu. Auch das junge Mädchen sagte nichts mehr. Was nun jene Unerwünschte betraf, die Gattin des einen, die Mutter der andern, die sie heraufbeschworen hatten, so war ihr Geisterschatten ohne Bestand; er war bereits in ihrer Erinnerung entschwunden, als das Hausmädchen kam und zum Abendessen bat.

Mittags aßen Monsieur Mose und seine Tochter immer nur leichte Kost. Abends dagegen bevorzugten sie schwere, essighaltige, ausgiebig gewürzte Speisen, geräuchertes oder gepökeltes Fleisch, Pasteten in Terrinen und Marinaden, Gerichte, die kalt serviert wurden, als wolle man sie noch unverdaulicher machen. Mit überfüllten Mägen gingen sie dann unverzüglich zu Bett, und der Schlaf bedachte sie mit Träumen, die dem entsprachen, was sie verzehrt hatten. ›Die Stunde des Theaterbeginns‹, so benannten sie lachend die Zeit des Zubettgehens, und am Fuß der Treppe wünschten sie einander ein gutes Schauspiel, ehe sie in ihre Schlafzimmer hinaufgingen. Eine kaum begreifliche Schamhaftigkeit hielt sie indessen davon ab, einander anzuvertrauen, was sie im Verlauf der nächtlichen, durch die Unmäßigkeit bei Tisch hervorgerufenen Vorstellungen gesehen und empfunden hatten oder vermeint hatten, daß es ihnen zugestoßen sei. Sie berührten es mit keinem Wort, wenn sie einander nach dem Tee trafen (sie tranken ihn im Eßzimmer, aber jeder für sich, erst die Tochter, der Vater eine Stunde, oder mehr noch, später).
Da die Speisenfolge die übliche war, setzte Monsieur Mose sich vor eine Schüssel mit Aal in Dill (hübsch anzusehen in dem blauen Fayencegefäß), und ohne daß er sich die Mühe gemacht hätte, seinen Teller zu füllen, begann er zu essen, unmittelbar aus der Schüssel, ungeschliffen, gierig, zumal da Sarah nicht mit ihm zu Tisch gegangen war; manchmal hatte sie ihm dann strenge Blicke zugeworfen, wenn er sich allzu hastig oder geräuschvoll den Gaumenfreuden hingab. Beim Hinunterschlingen, er trank dabei starkes, dunkles Bier, fragte er sich, ob sie sich zu ihm setzen werde oder nicht. Nein, sie kam nicht. Als er gegessen und sich noch üppiger gesättigt hatte als gewöhnlich und wieder ins

Wohnzimmer ging, war sie nicht mehr dort. Er machte sich deswegen keinerlei unruhige Gedanken; er wußte um die Launen des jungen Mädchens; an gewissen Abenden wollte Sarah kein ›Theater‹. Und so ging er dann nach oben und legte sich schlafen, noch ehe er die Zigarre, die er angezündet, ganz zu Ende geraucht hatte; er wäre sonst womöglich in seinem Lehnsessel eingenickt, wenn er noch länger gewartet hätte.

Sie hatte sich vor ihm hinauf in den ersten Stock begeben, sobald er ins Eßzimmer gegangen war, und sich in ihrem Schlafzimmer eingeschlossen. Dabei war nichts Geheimnisvolles, und hätten Essen und Trinken nicht sein Denkvermögen getrübt, so hätte dem Vater einfallen müssen, daß sie an Abenden, da sie für den folgenden Morgen mit der Prüfung kostbarer Steine betraut worden war, stets fastete und daß sie sich einsiedlerisch sammelte, ehe sie einschlief. So entkleidete sie sich denn, löste ihre Flechten, kämmte sich das Haar, zog ihr Nachthemd über und blieb dann minutenlang oder ganze Stunden reglos auf einem mit Glacéleder bespannten Ruhebett liegen. Anfangs war ihr kalt, denn ihr Hemd war dünn, danach empfand sie nichts mehr, und sie gelangte dahin, die Regungen ihres Denkens auf ein Mindestmaß zu beschränken oder sie fast gänzlich zu unterdrücken. Sie verlor das Bewußtsein der Zeit, sie vergaß, ihrem Herzschlag zu lauschen. Mit offenen Augen sah sie im Dunkel verschwommen etwas Graues fluten und wallen, das ohne Dasein war.

Sie kannte sich in der Kurve (wenn man das sagen darf) dieser Zustände geistiger Empfindungslosigkeit aus. Sie nahm einen Augenblick wahr, da sie aus einem tiefen Loch herauszukommen schien, versuchte, sich zu bewegen, und bewegte sich. Allein das Anzünden einer neben dem Ruhebett stehenden Lampe kostete sie die gleiche gewaltige Willensanspannung wie einen Ertrinkenden die, sich den ihn einsaugenden, weichen Wassern zu entreißen. Danach war dann alles ganz einfach: abermals war ihr kalt, sie verspürte große Müdigkeit, es verlangte sie nach Ausruhen ihrer Glieder und nach Bettwärme. Aus einer Glasröhre ließ sie sich drei Kügelchen in die Hand rinnen; die spendeten ungetrübten Schlaf und löschten Träume bis auf den winzigsten Erinnerungsfetzen aus; sie legte sie unter die Zunge, damit sie langsam zergingen, löschte das Licht und legte sich zu Bett. Sogleich schlief sie ein.

Im Morgendämmer, oder kurz danach, wachte sie auf. Um nicht Gefahr zu laufen, daß sie zu spät zu dem komme, was für sie, bedeutsamer als ein Stelldichein, eine Ehrenpflicht war (denn sie behandelte die funkelnden Steine mit einer Hochachtung, die sie Menschenwesen nicht eben häufig bezeigte), hatte sie die Laden und die Vorhänge weit offengelassen, so daß der erste Tagesschimmer sie dem Schlummer entzog. Tatfrohen Geistes, klaren Kopfes wie stets, wenn sie am Abend ihre Kügelchen genommen hatte, säumte sie nicht und sprang aus dem Bett. Sicherlich schliefen ihr Vater und die Dienstboten noch. Ohne Rücksichtnahme auf deren Schlummer, den das Geräusch des fließenden Wassers möglicherweise stören würde, ging sie ins Badezimmer und drehte die Hähne der Wanne auf. Sie nahm ein sehr heißes Bad (so heiß, daß sie nur nach und nach in das Wasser steigen konnte, um sich daran zu gewöhnen, erst mit einem Bein, dann mit dem andern und schließlich mit allem übrigen); überaus sorgfältig wusch sie ihren Körper und wiederholt das Geschlecht und das Hinterteil, die ihr der gewissenhaftesten und rigorosesten Sauberkeit bedürftig erschienen. Sie bediente sich keines Toilettenwassers, da sie sich die wundervolle Leichtigkeit bewahren wollte, die über sie gekommen war wie eine Glückseligkeit; ein noch so schwacher Duftstoff hätte sie zerstören können. Dann streifte sie Pantöffelchen über und zog ein Kleid aus weißem, äußerst weichem und feinem Wollstoff an; es stammte aus Arabien und war ihrem Vater geschenkt worden, als er eines Tages von dortigen Kaufleuten ein Lot Türkise eingehandelt hatte. Mit den Türkisen war er übers Ohr gehauen worden; sie hatten ihre schöne Färbung verloren und waren nach ein paar Tagen gestorben; aber das Kleid hatte Sarah bekommen. Es war vorn offen und ließ sich nicht zuknöpfen; es wurde unsichtbar mittels einer Agraffe am Hals und einer weiteren an der Taille geschlossen. Das junge Mädchen hatte sein Haar lange gekämmt und gebürstet, aber es nicht aufgesteckt; bei der Berührung mit der Wolle wurde es warm. Sie meinte, eben dadurch lade sie sich mit Elektrizität auf. ›Wie eine große Leydener Flasche!‹ dachte sie und war glücklich über diesen Einfall, der dem, was sie unternehmen wollte, etwas Neues hinzufügte; denn was die Körperreinigung und die Gewandung betraf, so hatte sie lediglich die Regel befolgt, die sie sich als ein für allemal bindend auferlegt, wenn sie mit den Steinen zu tun hatte.

›Ob, wer mich mit dem Finger antippte, wohl einen Schlag bekäme?‹ fragte sie sich. ›Ob ich den, der mich anrührte, umfallen lassen könnte?‹ Es hätte ihr tatsächlich nicht mißfallen, wenn jemand zu ihr ins Zimmer gekommen wäre, an dem das kühne Experiment sich hätte versuchen lassen. Unter einem einer Elektrisiermaschine würdigen Funkenregen hätte sie ihn zu Boden gestreckt; aber der Zudringliche, von dem sie sich ausmalte, daß er wie vom Blitz getroffen jammernd daliege, blieb in ihrem Wachtraum völlig anonym. Nicht einmal eine Maske war er, höchstens eine Puppe. Wie

alle Männer, die vor ihren Blicken vorübergezogen waren, ohne daß es ihr je in den Sinn gekommen wäre, einem von ihnen mehr Beachtung als dem andern zu schenken oder sich in der Folgezeit eines besondern Gesichts zu erinnern, das auffällig genug gewesen wäre, um nicht mit der großen Masse männlicher Gesichter zu verschmelzen. In Sarah Moses Welt war der Mann etwas Bedeutungsloses. Über seine Funktion wußte sie genau Bescheid, hielt sich indessen für kalt und war überaus stolz auf diese Kälte; sie hatte sich gelobt, jetzt und nach dem Abscheiden des Vaters einzig mit den Edelsteinen zusammenzuleben.
Als sie in den Flur hinausging, war das durch eine graue Luke einfallende Licht gerade ausreichend, so daß sie nicht zu tasten brauchte. Als sie am Schlafzimmer des Vater und an dem der Dienstboten vorbeikam, hielt sie einen Augenblick inne; aber die dicken Türen erstickten die Atemgeräusche, es war nichts zu hören; das Haus mutete an, als sei es völlig leer. Die große Treppe führte nur bis zum ersten Stockwerk. Ihr schloß sich eine andere an, eine enge Wendeltreppe; sie begann hinter einer Tür am Ende des Flurs. Sarah betrat sie und stieg zu der Kammer mit dem Tresor hinauf; sie lag oberhalb des Speichers, abgesondert wie ein kleiner Pavillon auf dem Dach des alten Hauses.
Oben befand sich ein kreisrunder, schlecht beleuchteter Treppenabsatz. Zumeist blieb Sarah dort stehen, um nach dem schnellen Aufstieg wieder zu Atem zu kommen; dann löste sie die beiden Agraffen ihres Gewandes, warf die Arme zurück und ließ das Kleidungsstück zu Boden gleiten. Auch ihre Pantöffelchen streifte sie ab, denn sie pflegte den kostbaren Steinen nackt und barfüßig zu nahen. Als müsse sie um des Rechtes willen, sie prüfend betrachten zu dürfen, sich selber ebenfalls in den Zustand eines Untersuchungs-

objekts versetzen und auch des Geringsten ledig sein, das das Forschen hätte beeinträchtigen können.

Ein Schlüsselbund in der geschlossenen Faust, jenem gleich, den der Edelsteinhändler benutzte, versah sie mit dem notwendigen Schlüssel. Das Schloß war dreifach zugeschlossen; es fügte sich weich der Hand; geräuschlos bewegte sich die Tür in den gut geölten Angeln. Drinnen war es noch dunkel; aber Kurbeln nahe der Tür setzten vier große Laden in Bewegung; sie wurden von Seilen mit Gegengewichten gezogen, was die Handhabung erleichterte. Ihre Achse verlief horizontal in der Höhe des Fußbodens, und also senkten sie sich beim Drehen der Kurbeln nieder wie die Blütenblätter einer von der Sonne geliebkosten Blume und ließen mehr oder weniger stark, je nach der Neigung, das Tageslicht hereinfluten, und zwar durch vier große Glasfenster, die nahezu gänzlich die Wandflächen einnahmen. Der Vorteil jener Laden beruhte darin, daß sie durch ihre Stellung alle Neugierigen, die etwa auf die Dächer der Nachbarhäuser geklettert waren oder gar auf die Schornsteine oder die Wetterfahnen, völlig daran hinderten, wahrzunehmen, was im Innern der verglasten Kammer vor sich ging.

Das junge Mädchen stellte also die Öffnung der Laden so ein, daß der Raum das bestmögliche Licht erhielt, und sie erschauerte ein wenig, als die Sonnenstrahlen auf ihren nackten Körper fielen. Sie ging auf den Tresor zu, ein dreieckiges Prisma aus schwarzem Stahl, das in einem Winkel zur Rechten der Tür angebracht war. Des Kennworts erinnerte sie sich genau (und sie mußte an ihre Freude denken, als der Vater es ihr gesagt hatte); es lautete *Haras*, die Umkehrung ihres Vornamens: ›Umgestülpt wie ein Handschuh‹, dachte sie, ›wie ein Sack, wie ein gefangener, gemarterter Polyp, dem die Eingeweide heraushängen‹, das Spiegelbild ihres Namens.

Um das Wort einzustellen, kniete sie (denn das Schloß war ganz unten) vor dem Stahlschrank auf den Fußboden nieder. Während ihre Finger die Rändelrädchen drehten, ließ sie, trotz der nötigen Aufmerksamkeit, ihre Gedanken schweifen; sie wandten sich Gemälden aus unterschiedlichen Epochen zu, die unter dem Vorwand, historische oder mythologische Geschehnisse darzustellen, ihr das absonderliche Beieinander eines nackten Mädchens und eines Mannes in Rüstung vorgeführt hatten. Oftmals hatte das Mädchen vor dem Gewappneten auf den Knien gelegen; bisweilen war sie eine an einen Felsen, eine Mauer gekettete Gefangene gewesen, die ein Drache bewachte, und dann hatte der andere angemutet wie ein Befreier. ›Hier nun aber‹, dachte Sarah, ›habe ich die Macht über den Ritter, denn ich verfüge über das Wort, das ihn in Tätigkeit setzt. Durch dieses gebieterische Wort, die Umkehrung meines Namens, zwinge ich ihn, seine Rüstung aufzutun und mich seinen Schatz nehmen zu lassen.‹

Als der letzte Buchstabe richtig eingestellt worden war, steckte Sarah den Schlüssel in das Schloß des Tresors und ließ den Riegel zurückgleiten; sie zog die schwere Tür auf, die herumschwang und sich in genauer Höhe der Verglasung der Wand anschmiegte. Im Innern der dunklen Metallhülle befand sich ein zweites Behältnis von der gleichen Form wie das große; dieses jedoch bestand nur aus weichem Leder. An der Vorderseite waren drei Schubfächer; sie hatten keine Schlösser, weil sie an Messingknöpfen herausgezogen werden konnten, und es ging davon ein guter Geruch aus, der eines neuen Reisekoffers. Ein Geruch nach Haut, hätte man sagen können, wenn man den Vergleich des wehrhaften Schreins mit einem Ritter weiterführen will, der sich auf Gnade oder Ungnade ergeben und dem sein Besieger (das von den Malern dargestellte junge Mädchen) den Brustpanzer seiner Rüstung abgenommen hat.

Da Sarah Mose wußte, daß die beiden ersten Schubfächer bereits katalogisierte Schmuckstücke enthielten, suchte sie im dritten, dem untersten, in dem die ungefaßten Steine lagen, nach den Diamanten. Die geschliffenen oder rohen Steine wurden in Briefumschlägen aufbewahrt oder in Schachteln, auf denen der Inhalt verzeichnet stand; es lag auch ein zugebundenes, mit einem unversehrten Siegel verschlossenes Ledersäckchen darin; das mußte Benaïms Sendung sein. Sarah nahm den Beutel voller Hochachtung an sich, als empfange sie ihn aus den Händen des Vaters; dieser hatte ihn am Abend zuvor für sie in das Lederbehältnis gelegt, nachdem er zuvor lediglich die äußere Hülle entfernt und sich von der Unversehrtheit der Siegel überzeugt hatte. Sie war darauf bedacht, ihn ein wenig von ihrem Körper entfernt zu halten, als könne die leiseste Berührung durch etwas anderes als die Finger den Steinen schaden (oder sie selber gefährden); dann legte sie ihn auf einen sehr großen Tisch aus Ebenholz, der in der Mitte des Raumes stand. Die Sonne ließ eine Ecke des Tisches spiegelnd aufglänzen, aber der übrige Teil der Platte, mehr als drei Viertel, lag im Schatten. Sarah legte den Beutel auf die Schattenseite, neben mannigfache Geräte, von denen die meisten bei der Untersuchung benötigt wurden.

Als sie das gelbe Wachssiegel zerbrochen hatte, wartete ihrer eine weitere Aufgabe, denn der Knoten, der das Säckchen zusammenschnürte, war kompliziert; das darauf erstarrte Wachs hatte ihn unnachgiebig gemacht, und die vom Absender benutzte Schnur war ein dünner, mit Metalldraht umsponnener Lederriemen. Sicherlich wäre es einfacher gewesen, ihn mit der Zange durchzukneifen. Allein Sarah verschmähte das Werkzeug, von dem zwei Exemplare in ihrer Reichweite unter dem im Zimmer befindlichen Handwerksgerät lagen. Sie wußte, daß ihre spitzen Fingernägel hart genug waren, um mit allen Knoten fertig zu werden, so zäh und verwickelt dieser hier auch sein mochte; sie war weit davon entfernt, die Mühe zu scheuen, neigte vielmehr dazu, sie sich eigens zu schaffen; überdies trug sie kein allzu großes Verlangen, sogleich ans Ziel zu kommen; sie wollte lieber noch ein wenig in ihrer Neugier verharren. Die Arbeit dauerte recht lange, wenngleich kürzer, als sie geglaubt hatte.

Es kamen kleine, in Seidenpapier gewickelte Gegenstände zum Vorschein, an die zwanzig, kaum mehr, und verteilten sich auf der Tischplatte; diese war so glatt und so trefflich zusammengefügt, daß nicht die leiseste Fuge zu gewahren war, als sei sie in einem einzigen Stück aus dem Kernholz eines gigantischen Ebenholzbaums geschnitten worden. Die nackte Sarah beugte sich über diese blanke, glatte Platte, die ihr ihr verschwommenes Spiegelbild zeigte, wie eine nächtliche Wasserfläche es getan hätte; sie lehnte sich an den Tischrand, und es fiel ihren langen Armen nicht schwer, die am weitesten weggerollten Diamanten heranzuholen. Auf den Boden war keiner gefallen. Die in einer weißen Hülle ließ sie vorerst unbeachtet; das junge Mädchen nahm sich vielmehr den vor, der in azurnes Papier gewickelt war, den größten und schwersten der Sendung. Als sie ihn dieser Hülle (sie war peinlich genau sechsfach zusammengefaltet, und ihr Zweck war, zu verhindern, daß der Stein durch Scheuern an den andern sich abschliff) entnommen hatte, bot er sich zwischen dem spitzigen Daumen und dem Zeigefinger der Hand ihrem Blick dar. In der Tat, es war ein herrlicher Brillant, nicht nur um seiner Größe willen, und trotz ihres mißtrauischen Charakters mußte Sarah anerkennen, daß er sehr viel schöner war als alles, wessen sie hätte gewärtig sein können, und daß sie niemals in den paar Jahren, die sie an sich vorübergleiten ließ, bei der ersten Prüfung der von Monsieur Mose gekauften Steine weder einen solchen Glanz noch solch eine prächtige Reinheit, beides gehoben durch einen ihnen entsprechenden meisterlichen Schliff, vor Augen gehabt habe. Ebenjene Reinheit hätten gewisse Leute möglicherweise als peinlich empfunden oder gar erschreckend, ihres Feuers wegen, das selbst des gelindesten, winzigsten Anhauchs von Wärme bar war; ihres Lichts in seiner ein wenig saphirisch getönten Weiße und seines rigoros eisigen Wesengehalts wegen. Im Jungfräulichen und im Reinen gibt es einen Grad, der durch sein Übermaß zu erschrecken vermag. Und Schaden zu stiften (wie es denn von den schönsten Diamanten hat heißen können, sie brächten Unglück), wenn eitle und nichtige Menschen so unklug sind, ihm ihre verweichlichten Körper, ihre unzulänglich gehärteten Seelen auszusetzen. Die Tochter des Edelsteinhändlers jedoch hatte sich vollauf an jenen äußersten Grad gewöhnt, auf den sie von Natur aus ebenso abgestimmt war wie die Eidechse auf die Sonne und den dürren Fels.

Sie legte den dicken Diamanten auf einen kleinen, mit Filz überzogenen Würfel; sie nahm eine dreifache, in Horn gefaßte Lupe zur Hand, die der berühmtesten Jenenser Fabrik entstammte; denn das war das Instrument, dessen sie sich stets bediente, wenn sie einen Stein eingehend untersuchte und seine Tiefen zu ergründen trachtete. Da sie die drei Linsen gleichzeitig anwandte und da die Fähigkeit zum Vergrößern sich nicht allzusehr von der eines Mikroskops (für Kinder) unterschied, verwirrte die leiseste Bewegung das Bild, und Sarah mußte die Lupe mit sehr ruhiger Hand halten und dabei mit der Unterseite das Objekt beinahe berühren und die andere Seite mit ihren langen Wimpern streifen. Um das zu tun, hatte sie sich halb auf den Tisch gelehnt, in einer wenig standfesten Stellung. Ihre Beine fanden in einem sehr spitzen Winkel auf dem Fußboden Halt, ihr Bauch quetschte sich auf die Tischplatte, sie hob den Oberkörper ein wenig an, so daß die Brüste leicht dem Holz anlagen und sie ungehindert atmen konnte. Sie stützte den Ellbogen auf und hielt sich mit der freien Hand die Stirn. Die Kälte des massiven Ebenholzes drang ihr zunächst in den Bauch und stieg dann dem Herzen zu, als habe sie sich auf schwarzes Erdreich geworfen, zwischen Schneehaufen und reifbedeckte Büsche; sie war sich bewußt, daß sie zu früher Morgenstunde in gänzlicher Einsamkeit nackt sei und den Stein vor sich habe, der, durch die Lupe vergrößert, zu etwas wie einem riesigen, blaß azurn getönten Eisblock wurde. ›Ein Eisschloß‹, dachte sie und folgte mit dem Blick den Konturen und Kanten, deren Schnitt sich ausnahm wie vorspringende Festungsbastionen. Sie dachte des weiteren, es sei ›die Vollkommenheit an sich‹, nichts Totes, sondern etwas Lebendiges oder doch zumindest Belebtes (durch ebendiese Vollkommenheit), und sie gelangte dazu, daß sie sich fragte, wo im Grunde das Objekt sei und wo der Richter oder der Zeuge bei dieser morgendlichen Gegenüberstellung eines nackten Mädchens und eines sehr seltenen Steines. Dann, wer weiß, wie es geschah, tat sie wohl eine falsche Bewegung, ihre Füße rutschten auf dem Fußboden aus, und ihr Kopf schlug auf den Tisch; ihr war, als dringe die Lupe ihr ins Auge, und sie verlor (wahrscheinlich) das Bewußtsein.

Sogleich kam es ihr wieder. Sie sah sich in eine Art Zelle mit durchsichtigen Wänden eingeschlossen, die in der Form eines regelmäßigen Polyeders gebaut worden war. Sarah stand auf (sie war hingeplumpst wie ein Sack). Es kostete sie einige Zeit, einige Überprüfung der Stätte, einige Anspannung ihres Denkvermögens, um sich bewußt zu werden und sich alsdann die auf höchst absonderliche Weise unglaubhafte Tatsache einzugestehen, daß sie sich als Gefangene im Innern des Diamanten befand: ihr Sturz hatte sie jäh hineinversetzt.

Es war kalt in dem diaphanen Gefängnis, und was hätte sie nicht darum gegeben (vorausgesetzt, daß sie über etwas verfügt hätte, das ihr als Zahlungsmittel dafür hätte dienen können), ein Fetzchen Wolle oder Baumwolle zu bekommen zum Bedecken wenigstens von Brust und Rücken! Die Luft, die ihre Lungen ganz langsam und unter erdenklicher Vorsicht einsogen, war fast unatembar, so rein war sie. Sie hatte die eisige Heftigkeit von Gipfelluft, wie sie den Gebirgswanderer in Höhen von über dreitausend Metern umwallt und berauscht. Ob sie die bläulichen und überdeutlich ›himmlischen‹ Reflexe besaß, die, wie Sarah sich erinnerte, in dem Stein gespielt hatten, als sie die erste Prüfung vornahm? Mit weit geöffneten Augen suchte sie Farbspuren wahrzunehmen, sah indessen nichts als absolute Durchsichtigkeit. Dabei konnte sie nicht bezweifeln, daß sie gnadenlos in das eingegangen war, was sie noch eine Minute zuvor in aller Seelenruhe von außen her betrachtet hatte, und sie geriet in Verzweiflung, da sie wußte, daß sie weder die Kälte noch die allzu scharfe Luft lange aushalten würde. Ihre nach einem Ausgang suchenden Finger fanden überall nichts als glatte Flächen, die gleichfalls kalt waren und deren Zusammenhang unauflöslich war.

Im Versuch, warm zu werden, machte sie ein paar Körperübungen, was indessen nur dazu führte, daß sie hastiger und schmerzhafter atmete. Ein Beobachter mit dem Auge über der Lupe wie vor ganz kurzer Zeit das ihrige hätte sicherlich seinen Spaß gehabt, wenn er mitten in dem Edelstein diese winzige Sportlerin gesehen hätte, wie sie sich in Kniebeugen und Armstrecken erging. Sarah stellte sich einen solchen Beobachter vor und vermeinte, um des Lächerlichen ihrer Situation willen sterben zu müssen; dann beruhigte sie sich durch die Erwägung, daß man von außen her in dem Diamanten nichts sähe als ein behendes blaues Schimmern. Man mußte im Innern sein, wie es unglücklicherweise bei ihr der Fall war, damit der Blick die Wände durchdringe.
Denn sie sah ungehindert hindurch. Ja. Und wenn sie sich umdrehte, gewahrte sie auf der einen Seite den filzüberkleideten Sockel, von dem der Diamant bei ihrem eigenen Sturz heruntergefallen war. Ganz nahe erhob sich der Würfel wie ein kubisches, fensterloses Bauwerk, vielleicht ein muselmanisches, mit buschigem, rostrotem Pflanzenwuchs übersponnenes Grabmal. Dahinter lag die Lupe mit auseinandergeschobenen Linsen wie eine Apparatur von Mühlensteinen aus Kristall, eher für eine Fabrik oder ein Laboratorium bestimmt als für eine gewöhnliche Mühle. Auf der andern Seite, wo zufällig kein Gegenstand auf der Tischplatte lag, erstreckte sich eine weite, einförmige, schwarze Fläche, der lediglich der Kontrast von Licht und Schatten Mannigfaltigkeit lieh. Dorthin schaute Sarah beharrlicher, wenn nicht gar hoffnungsvoll; nach einem leuchtenden Bereich, der Projektion eines Sonnenstrahls; langsam rückte er dem Stein in dem Maße näher, wie das Gestirn am Himmel emporstieg. Von seinem Kommen konnte das junge Mädchen begreiflicherweise erwarten, daß es ihm ein wenig

Wärme und das Ende seiner körperlichen Leiden bescheren werde. Die Befreiung nun aber, da es allem Augenschein nach nichts gab und geben würde, das sie ersichtlich bewirken könne, kam ihr nicht in den Sinn, und um sie zu erlangen, vertraute sie sich der Macht des Unvorhergesehenen, des Absurden an, die zumindest ebenso groß ist wie die des Blitzes und die sich schon darauf verstehen würde, sie aus einem Gefängnis zu holen, in das sie sie mit einer solchen Leichtigkeit eingeschlossen hatte.

In seiner Ungeduld hätte das junge Mädchen nur zu gern das Sichnähern des leuchtenden, warmen Strahls berechnet; doch es fehlte ihr ein Mittel zum Messen der Zeit, weil sie ihre Armbanduhr im Schlafzimmer auf dem Nachttisch hatte liegenlassen, der (schon angedeuteten) Sorge wegen, nur im Zustand völliger Nacktheit mit den kostbaren Steinen in Berührung zu kommen, ohne irgendein Schmuckstück, ein Band, sogar den Kamm oder eine einzige Haarnadel. Und hätte sie weniger getreulich die Regel befolgt, hätte besagte Berührung, die nicht eben segensreich ausgefallen war, sich nicht vielleicht noch weit übler ausgewirkt? Große Edelsteine sind gefährlich. Man ergreift nie genug Vorsichtsmaßnahmen, bevor man an sie herantritt. Sarah mußte daran denken, daß ihr Vater darüber ganz sicher sehr viel mehr wisse, als er laut werden ließ, und daß es aus guten Gründen geschehe, wenn er es seit Jahren ihr übertragen hatte, an erster Stelle die Sendungen der Händler zu überprüfen. Aber da sie ihn gern hatte und ihren Beruf liebte, verwünschte sie ihn nicht und geriet nicht in Zorn wider ihn. Indem sie sich wieder dem Sonnenstrahl zuwandte, der, bei genauerem Überlegen, gar nicht so langsam vorrückte, wie es geschienen hatte, versuchte sie, in einem dem der Sekunden gleichen Rhythmus zu zählen, um die Schnelligkeit seines Vorwärtsschreitens abschätzen zu können. Es kam übrigens nichts anderes dabei heraus, als daß ›die Zeit hinging‹ (das wollte Sarah ja gerade); sie war noch zu keinem Ergebnis gelangt, als der Lichtbereich, der inzwischen größer geworden war, in unmittelbare Nähe des Diamanten gelangt war.

Schon schien die Kälte sich gemindert zu haben. Dann berührte die Sonne den Stein. Es geschah zunächst oben an einer Schrägfläche, und die Winkellinie begann Funken zu sprühen wie ein mit dem Schweißbrenner behandeltes Stück Eisen; das Aufglühen breitete sich aus; eine ganze, schräg angestrahlte Facette wurde weißglühend und warf Flammen, in denen Blau und Rot rangen, bis sie sich in langen purpurnen und violetten Fransen vereinten. Sarah, die jetzt zu verbrennen fürchtete, nachdem sie vorher zu erfrieren geglaubt hatte, war so weit, wie sie konnte (nicht eben weit), von dem flammenden Viereck abgerückt, ließ es aber nicht aus den Augen. So entging ihr nichts von dem, was sich vollzog, als das Sonnenfeuer in den Innenraum eintrat. Sie sah etwas wie ein blendendes Sprühfeuer eindringen, etwas wie ein gegen sie gestrecktes Brandscheit, dessen Glanz mit seinen Ausmaßen wuchs, und dann plötzlich (der Lichtbrechung wegen, dachte sie) gab es ein Aufflammen von Licht, das mehr ein stäubendes Sichausdehnen als eine Explosion war (denn sie verspürte weder einen Stoß noch einen Luftdruck), und der ganze Diamant loderte auf. Der Widerstreit zwischen Rot und Blau dauerte in dieser absonderlichen Feuersbrunst an, aber das Rot obsiegte herausfordernd über das Blau, das nur noch in flüchtigen Reflexen aufkam. Noch entscheidender hatte die Hitze (die mit dem Rot zusammenhängen mußte) die Kälte bezwungen.

Sarah war sich dieser Hitze bewußt; sie wußte auch, daß es

sich um eine zu hohe Temperatur handelte, als daß der menschliche Körper unter gewöhnlichen Bedingungen sie ungestraft hätte ertragen können, und wenn dem ihren dadurch keine Verletzung zuteil wurde, und nicht einmal eine unangenehme Empfindung, so lag der Grund dafür wohl in ihrem Einssein mit der mineralischen Substanz, die den feurigen Strahl empfangen hatte. Anders ausgedrückt: insofern als sie ein winziges Teilstück des Diamanten war, wurde ihr, ohne daß sie Schaden nahm, vom Sonnenfeuer beigewohnt. Es blieb ihr kaum Zeit, darüber zu staunen (noch an das zu denken, was sie über die Existenz von Feuergöttern, von Salamandern und Flammenwesen gelesen hatte, die im Feuer heimisch sind wie die Fische im Wasser), denn sie war sich jäh bewußt geworden, daß sie im Innern des Steins nicht mehr allein war.

Es war ein Mann bei ihr, dessen Körper – er war nackt wie der ihrige – von ungemeiner Schönheit war, dessen Kopf jedoch dem eines Löwen ähnelte. Seine sehr glatte Haut war von glühendem Rot; seine große Mähne leuchtet in einem goldenen Glanz, den das Auge kaum ertrug; auch seine Behaarung leuchtete, wenngleich spärlich. Mitten in dem Stein stand er dem jungen Mädchen gegenüber und spreizte Arme und Beine, so daß die äußersten Enden seiner Hände und Füße die vier Eckpunkte einer in das Polyeder eingezeichneten, nur gedachten Fläche bildeten, die dieses geteilt hätte, und daß sein Nabel im Schnittpunkt der Diagonalen, die man hätte ziehen können, genau dem Mittelpunkt jenes imaginären Quadrats entsprach. Sein Glied war erigiert, steil. Es reichte bis zu zwei Dritteln zur Höhe des Nabels hinauf. Sarah, die so etwas zum erstenmal im Leben erblickte, musterte neugierig diese Art von kleinem Mann, der an den großen angeschraubt war (jedoch umgekehrt, wenn der Hodensack dem Kopf mit der mächtigen Mähne entsprach), und sie meinte, es müsse zwischen dem großen und dem kleinen eine ebenso vollkommene wie unberechenbare Proportionsbeziehung bestehen, die wahrscheinlich von der Zahl *Pi* beherrscht wurde. Sie meinte, der kleine Mann enthalte das Irrationale, und jener zylindrische Körper berge *Pi*. Da nun aber irrten ihre Gedanken ab, und sie mußte woandershin sehen, um keinen Grund zum Rotwerden zu haben; es war ihr nämlich eingefallen, daß, wenn ihre Keuschheit auf den schamlosen Anblick mit Erröten reagierte, sie sich nicht mehr so säuberlich von dem Mann mit dem Löwenantlitz unterscheiden, sie ihre Gesichtsfarbe der seinen angleichen würde, und sie fürchtete dann, durch diese Nähe oder dieses anstandswidrige Beieinander tausenderlei Übles erleiden zu müssen. Im Sichsträuben versuchte sie, sich in die Kälte zurückzuversetzen, unter der sie geächzt hatte; allein sie spürte, wie in ihren Adern eine brennend heiße Flüssigkeit aufstieg und nach und nach ihr Gesicht erreichte. Ihre Blässe schwand hin; sie wich der Durchflutung.

Eine Bewegung, ihr so nahe, daß sie zum Aufmerken zwang, ließ sie von neuem vor sich hinschauen, da es vergeblich gewesen wäre, Gleichgültigkeit zu heucheln, und sie sah, daß der rote Mann sich anschickte, die Andreaskreuz-Pose aufzugeben, in der er ihr erschienen war. Seine Arme waren längsseits seines Körpers niedergefallen; sein Mund und seine Augen, beides bislang ohne jeden Ausdruck, hatten einen Ausdruck von Gewalttätigkeit und unglaubwürdiger Heiterkeit angenommen (südlich, mittelmeerisch, griechisch, oder vielmehr etruskisch, dachte das junge Mädchen in der schlimmen Ahnung, dieser ganze Süden könne nichts Gutes bedeuten). Mit einem kleinen Satz, der seine Mähne flach auf das legte, was man als die Decke des kristallenen Zimmers hätte bezeichnen können, zog er elastisch die Füße zusammen. Die nackten Hacken klappten, und mit einem langen Schritt trat er auf Sarah Mose zu. Sie, die mißtrauisch Gebliebene, war bei dem Schritt seitlich ausgewichen; sie war unter seinen Armen hindurchgeschlüpft und hatte dann in dem gegenüberliegenden Winkel Zuflucht gesucht. Er drehte sich um. Der Raum, über den sie beide verfügten, war wirklich allzu karg bemessen, als daß es langer Bemühungen bedurft hätte, um sie zu packen.

Sie wehrte sich wütend, aber es hatte nicht den Anschein, als sei der rote Mann bei seinem Spiel darüber verdrossen. Er lächelte, und sein Lippenbogen wurde immer breiter und immer gespannter, seine Augen funkelten stärker, seine Mähne flammte heftiger. ›Ein Tänzer‹, dachte sie und versuchte, sich seiner Umschlingung zu entziehen. Er legte sie auf eine Schrägwand, eine um fünfundvierzig Grad geneigte Fläche, als er sich ihrer vollends bemächtigt hatte, und hielt sich mit aufgestemmten Armen über ihr, ohne sie mit seinem Körper zu berühren, wobei er indessen ihre Handgelenke fest umspannt hielt, um sie zum Stilliegen zu zwingen.

Dann sprach er zu ihr. Und zwar mit merkwürdig tiefer Stimme, einem Tuscheln, das aus sehr weiter Ferne zu kommen schien und das vor allem sehr leise war, als habe er Angst, wenn er den Ton höbe, endlose Echos zu erwecken, die dann von den mannigfachen Flächen des Polyeders zurückgeworfen würden. Er sagte ihr, sie sei einzig und allein in den großen Stein eingegangen, um sich mit ihm zu vereinen; denn aus einer Jungfrau vom Stamme der Propheten und einem löwenmähnigen Mann, der aus einem Sonnenstrahl hervorgegangen und um seines Ursprungs willen rot

wie das Feuer sei, würde in naher Zukunft ein Sproß mit herrscherlichem Geist geboren, durch den die verfolgte Rasse die ganze Welt erleuchten und beherrschen werde. Als sie das vernommen hatte, hörte sie auf, sich zu sträuben, da sie stolz darauf war, Jüdin zu sein. Die Verkündigung ihrer glorreichen Rolle erfüllte sie mit ruhiger Freude. Es fiel ihr ein, daß sie im innersten Herzen von jeher die Gewißheit gehabt habe, zu einem unermeßlichen Schicksal auserkoren zu sein. Dieses also war es. Es kam nicht in Frage, daß sie sich verweigerte (immer vorausgesetzt, daß es in ihrer Macht gestanden hätte, auf den Vorschlag einzugehen oder ihn abzulehnen, was durchaus nicht der Fall war, da sie sich nackt in der Gewalt seiner mächtigen Hände befand); sie schloß die Augen, um besser als durch Worte ihr Einverständnis anzudeuten. Ohne den Griff um ihre Gelenke zu lockern, ließ der rote Mann sich durch ein Beugen der Arme zu ihr nieder; er streckte sich auf ihrem Körper aus, spreizte behutsam ihre Schenkel und drang in sie ein. ›Die Zahl Pi reißt ein Loch‹, sagte sie sich, und sie dachte auch, sie liege nun ihrerseits in Kreuzform da, in der gleichen Pose, oder doch einer ähnlichen, wie der Mann sie innegehabt, als er ihr zum erstenmal Auge in Auge gegenübergestanden hatte. Doch sie widerstand dem Schmerz, und ohne zu klagen und zu stöhnen, erwiderte sie den Überschwang, mit dem er sie ein wenig ungestüm umfing.
Ein Geräusch außerhalb des Steins ließ sie die Augen wieder aufschlagen. Sie hatte die Außenwelt so völlig vergessen, daß es ihr schwerfiel, sich zu erinnern, es gebe noch einen andern Raum als die durchsichtige, geometrische, winzige Zelle, in der sie zusammen mit einem kleinen Feuerwesen war, einem Wesen, das dabei war, ihr eine Marter aufzuerlegen, von der sie, trotz des Schmerzens und des Zerreißens,

nicht genau wußte, ob sie etwas Konkretes oder ein der Wirklichkeit entrückter Alptraum sei. Das Geräusch dauerte an; sie merkte, daß an die Tür geklopft wurde, und bedauerte, nicht den Riegel vorgeschoben zu haben. Die Tür drehte sich in den Angeln, und Sarah sah eine gigantische Gestalt vorübergleiten, und zwar im Schatten, ohne daß sie den Sonnenstrahl durchkreuzt hätte. Der in die Tresorkammer gekommene Monsieur Mose war an den Tisch herangetreten; er beugte sich über den ganz in Licht gebadeten Diamanten, und seine Überraschung wandelte sich in Verdutztheit, als er den rötlichen Glanz wahrnahm, der von dem Edelstein ausging, das unvergleichliche Purpurgefunkel; es konnte, wie die Papierhülle glaubhaft machte, nur von dem großen, sehr kostbaren Stein ausgehen, aus dem indessen, gemäß dem alten Benaïm, das jungfräulichste und eisigste Azur hätte leuchten müssen, das je dem Blick des anspruchsvollsten aller Edelsteinhändler geschmeichelt hatte. Um sicherzugehen, daß es sich um keine Sinnestäuschung handele (er hätte gewünscht, es sei eine), nahm Monsieur Mose die Lupe und beugte sich weiter vor, ohne daß er es gewagt hätte, den Diamanten zu berühren; der flößte ihm, dem stets Abergläubischen, ein wenig Furcht ein.

»Seltsamer Stein«, stieß er hervor. »Benaïm hat mir geschrieben, bei Lampenlicht habe er niemals etwas so Blaues gesehen, und sicherlich hat er nicht gelogen. Wie mag es zugehen, daß der Stein bei Sonnenlicht rot wird? Und wo ist meine Tochter? Ich wüßte gern, was sie davon hält.«

Er wäre, das steht fest, höchlichst erstaunt und sogar erschrocken gewesen, wenn er erfahren hätte, daß seine Tochter, die er nicht sehen konnte, die ihn dagegen sah, sich nirgendwo anders befand als vor seinen Augen im Innern des

Diamanten, und daß sie jenem brutalen Kerl anheimgefallen war, der sich wild auf sie gestürzt hatte und dabei den Haarwuchs eines Raubtiers schüttelte. Über der Mähne des Mannwesens gewahrte sie das väterliche Gesicht wie ein riesiges Bergmassiv; sie sah seinen mächtigen, wolligen Haarschopf und seinen Bart wogen wie Wolken um den Gebirgsstock, sie sah sein großes, kugeliges Auge an die Lupe geheftet und angstvoll den Kristall befragen, in dem sie mitleidlos und gnadenlos bearbeitet wurde. Dann löste die Scheu sich auf, denn Monsieur Mose hatte die Lupe hingelegt und war vom Tisch weggetreten. Zufällig (vielleicht) waren ihm Sarahs Kleid und Pantöffelchen eingefallen, die, wie er vor dem Betreten der Kammer wahrgenommen, hingeworfen am Boden gelegen hatten. Diese Erinnerung, der Gedanke, er könne sie nackt antreffen, löste in ihm Bedenken aus, ob er noch länger hierbleiben dürfe. Er ging.
Sarah spürte, wie das Mannwesen sich zum zweitenmal in sie ergoß und sie dabei, ganz zart und ohne die Haut zu verletzen, in den Hals biß, wie es die Löwen tun, die auf diese Weise ihr Weibchen während der Begattung bändigen. Sie hätte ihm Vorwürfe machen mögen, daß er sie vor den Augen ihres Vaters, wenngleich diesem unsichtbar, überwältigt habe. Und überdies hatte sie Schmerzen. War es nicht genug des Leidens und der Demütigung, und hatte sie sich nicht zur Genüge zu allem bereit gefunden, wessen es zum Vollbringen ihrer Aufgabe bedurfte? Sie schaute den an, der sie fruchtbar machen sollte (das Wort ›Liebhaber‹ konnte ihr nicht in den Sinn kommen), und ihr war, als sei er seit dem Beginn seines Angriffs bleicher geworden, als seien die Qualen, die er ihr angetan hatte, für den Henker nicht minder peinvoll gewesen als für das Opfer. Ganz sicher hatte er an Farbe verloren, und das hatte sich sogar schnell

vollzogen, auf die gleiche Weise, wie wenn man eine Weinkaraffe beim Entleeren über dem Ausguß verkehrt herum hält. Er löste sich von ihr (das war das letzte Wahrnehmbare, was er tat); er verschwand, denn der Strahl, der sich mit dem Steigen der Sonne verschob, hatte soeben den Stein verlassen. Von der roten Farbe war im Innern des Polyeders nicht die mindeste Spur verblieben. Jäh setzte mit unerträglicher Heftigkeit die Kälte wieder ein, und Sarah schwanden die Sinne, wobei sie sich einbildete, Schneeschmelzwasser schlügen über ihr zusammen, oder sie sei in einen See gestürzt, dessen gefrorene Oberfläche unter ihren Schritten nachgegeben habe.

Als sie wieder zu Bewußtsein kam, war sie aus dem Diamanten heraus, genauso geheimnisvoll, auf die gleiche selbstverständliche Weise, wie sie hineingelangt war. Sie lag auf der Erde, oder vielmehr auf dem Fußboden, zwischen dem Tisch und dem Tresor. Ihre Beine waren gespreizt, und ein ziemlich schriller Schmerz, der seinen Sitz etwa im Mittelpunkt hatte, bestätigte vorerst noch verschwommene Erinnerungen und tat kund, daß das junge Mädchen nicht von einem Traum mißbraucht worden sei. Ein weiterer Beweis war Blut; es hatte den unteren Teil ihres Bauches und einen ihrer Schenkel befleckt. Ihr Erinnerungsvermögen begann wieder, sich nachdrücklicher zu betätigen. Nein, sie hatte nicht geträumt; dessen konnte sie sicher sein.

Nachdem sie eine kurze Weile gewartet, sich von ihrer Schwäche erholt und von ihrer Erschöpfung ausgeruht hatte, stand Sarah auf, nahm den Diamanten, darin sie gelitten hatte, und ohne ihn weiter zu untersuchen (denn dann hätte alles von vorn anfangen können ...), wickelte sie ihn in die Papierhülle, in der er gewesen war. Zusammen mit den andern, von der Tischplatte aufgelesenen Steinen kehrte er in den Beutel zurück; dieser kam wieder an seinen Platz in dem Fach des Koffers, und der stählerne Tresor wurde sorgfältig geschlossen, die Buchstaben des Kennworts durcheinandergedreht. Auch die Laden machte Sarah zu, dann verließ sie den Raum, ohne etwas zurückzulassen, das nicht der früheren Ordnung entsprochen hätte. Auf dem Treppenabsatz kleidete sie sich an (sie brauchte nur in das Kleid zu schlüpfen und die Pantöffelchen über die Füße zu streifen). Als sie die Treppe hinabstieg, hatte sie eine eigenartige Empfindung: sie fühlte sich jetzt trächtig von einem wundervollen, schweren Ernst. Sie wusch sich nicht; sie ging zu Bett, schlummerte sogleich ein und schlief bis zur Stunde des Mittagessens.

Am nächsten Tag und an den folgenden Tagen untersuchte Monsieur Mose viele Male in mehr oder weniger großen Zwischenpausen den großen Diamanten. Wie er ihn auch drehen und wenden mochte, unter welchem Licht er ihn hinlegte – nie gewahrte er den schönen blauen Glanz, den der Verkäufer dem des Polarsterns verglichen hatte, die eisige Reinheit, die ihm wiederholt verbürgt worden war und um derentwillen er sich zur Zahlung eines sehr hohen Preises bereit gefunden hatte, denn sie wäre das Unterpfand für einen noch höheren Wiederverkaufspreis gewesen. Im Gegensatz zu dem Geblendetsein, mit dem er in seinem blinden Glauben an die Verheißungen des Kollegen gerechnet, hatte er sich für verrückt oder verflucht gehalten, als er etwa im Mittelpunkt des Steins einen Punkt entdeckt hatte, der sich so überdeutlich von der ihn umgebenden Materie abhob, daß sich nicht ohne Unredlichkeit leugnen ließ, es handele sich um das Abscheulichste von allem: einen Fehler. Seither fand sein Blick bei jeder neuen Prüfung die Fehlstelle wieder; er fiel fast unfehlbar auf den ersten Anhieb darauf.

Im Grunde war es kein Punkt im strengen Sinne; es war vielmehr ein kleiner roter Fleck, wie ihn das Platzen eines Blutgefäßes unter der Haut hervorruft, oder auch wie die Glut, die man in der Asche eines ersterbenden Kaminfeuers wahrnimmt. Aber das Bizarrste, das am meisten zum Närrischwerden Reizende (der Ausdruck entsprach dem Seelenzustand Monsieur Moses, der darauf bestand, er fühle sich vom Irrsinn bedroht, und insgeheim seine Tochter bat, sie möge ihn lieb genug haben, sich seiner anzunehmen) war, daß jenes Etwas von Woche zu Woche zu wachsen schien und daß es nach etwas mehr denn einem Monat (so schien es) sehr viel lebhafter geworden war und gleichzeitig dichter und ausgedehnter. Sarah, der die Beobachtung des Steins obgelegen hatte, mußte es ebenfalls bemerkt haben. Es wäre gut, ihre Ansicht zu erfahren. Warum wohl lehnte sie es ab, sich darüber zu äußern, und warum antwortete sie jedesmal, wenn sie über die vorgenommene Prüfung befragt wurde, nur durch ein Abwenden des Blicks und, wenn man nicht locker ließ (und sei es mitten in einer Mahlzeit), dadurch, daß sie aus dem Zimmer ging? Warum weigerte sie sich hartnäckig, gemeinsam mit dem Vater von neuem den fehlerhaften Diamanten ganz genau zu untersuchen; warum wollte sie nicht einmal mehr in die Tresorkammer gehen?

An Stelle einer Schlußfolgerung (der Edelsteinhändler gehörte zu den Menschen, die wie eine gebieterische Verpflichtung stets das Verlangen nach Schlußfolgerungen verspüren) sagte Monsieur Mose eines Tages, nachdem er abermals vergeblich versucht hatte, die Tochter zum Sprechen zu bringen:

»Der alte Benaïm hat uns einen Streich gespielt. Aber ich zahle es ihm mit gleicher Münze heim. Möge er wollen

oder nicht, ich bringe ihn schon dahin, daß er den verhexten Stein zurücknimmt.«
Da aber fand Sarah wie durch ein Wunder die Sprache wieder. Das geschah, um den Vater anzuflehen, er solle den Handel nicht aufsagen, vielmehr einen Nachlaß des ausbedungenen Preises fordern, aber den Diamanten behalten, an dem sie hänge (so drückte sie sich ziemlich verworren aus), und zwar ›mehr als an allem auf der Welt nächst dem Vater‹, seit dem Morgen, da sie das Glück gehabt habe, ihm zum erstenmal gegenüberzutreten. Und sie bat und flehte so sehr, daß Monsieur Mose, der weniger auf Geld denn auf Ruhe und Frieden erpicht war, ihr, ohne das mindeste zu begreifen, alles zugestand, was sie wollte. Mehr noch: er schenkte ihr den Stein und schlug vor, ihn in einen Ring fassen zu lassen. Die Arbeit wurde als dringender Auftrag dem besten Goldschmied anvertraut. Zwei Tage danach hatte Sarah den Ring und ließ ihn nicht mehr vom Finger. Abermals suchte sie die Einsamkeit, und oftmals zog sie eine Lupe aus der Tasche, um das Größerwerden eines deutlich wahrnehmbaren roten Punktes im Schoße dessen mit anzusehen, was sie ihren Hochzeitsstein nannte; ganz als wisse und spüre sie, daß in ihrem Leib das kleine Wesen heranwuchs, das von einer Jungfrau empfangen und von einer Art männlichem, rotem, einem Sonnenstrahl entsprungenen Löwen gezeugt worden war; das Kind, das bald geboren werden sollte zum Ruhme der seit langem verfolgten Rasse.

Kindisches Treiben

Valery Larbaud zum Gedächtnis

Rose Auroy, gedenkst du noch des kleinen exotischen Knaben,
den die alte Lola immer ›Milordito‹ nannte?

Valery Larbaud

Es ist schon lange, sehr lange her, daß Jean de Juni es mit einem unecht blonden Mädchen trieb, das er zu diesem Behuf auf der Straße angequatscht, bei der Hand genommen, zum Hotel geführt, vor sich her zwischen rosa und schwarz gekachelten Wänden von der Tür bis zur Anmeldung und zum Treppenfuß, dann die mit einem roten Läufer belegte Treppe hinaufgeschoben hatte, bevor er sie in ein Zimmer hatte eintreten lassen, dessen Laden durch unwiderruflich in das Holz eingelassene und festgeschraubte Eisenschienen versperrt waren wie am Fenster einer Zelle in früheren Irrenhäusern. Draußen herrschte auf eine schier beleidigende Weise Sonnenschein und machte die Steine heiß und den Asphalt weich. Es war niemand auf der Straße, wo sich eben noch lediglich ein stumpfsinniges Mädchen und Jean de Juni befunden hatten. Kein Hund, keine Katze, kein Vogel und nicht einmal eine Ratte oder ein Mäuschen auf den Abfällen des Marktes. Erst gegen Ende des Nachmittags, mit dem kreischenden Geräusch beim Aufziehen von Eisenrolladen vor den Schaufenstern und dem Geklapper von Eimern mit Wasser, das dem Abkühlen der Gehsteige vor den Lebensmittelhandlungen dienen sollte, würden die ersten Passanten zu hören sein. Das Hotel war still wie die Stadt, der Mittagsruhe hingegeben. Der Kellner, der halbwegs aufgewacht war, um den Zimmerschlüssel auszuhändigen, mußte auf dem Ruhebett im Büro wieder eingeschlafen sein.
Haltung und Verhalten des Mädchens waren alles in allem

dem einer großen Puppe aus elastischem Kunststoff gleich, die einer solchen Behandlung unterworfen worden wäre. Sie sagte nichts, sie bewegte sich ebensowenig, und ihre Augen blieben unter der kurzen Haarfranse eigensinnig geschlossen; sie lag in der Einbuchtung des Kissens, in das ihr Kopf ziemlich tief eingesunken war. Wenn sie auch nicht schlief, so war es doch, als tue sie es. Übrigens war Jean de Juni nichts daran gelegen, einem blöden Mund Äußerungen zu entlocken oder Zeichen des Beteiligtseins hervorzurufen; sie hätten für ihn nur das Verdrießliche mit sich gebracht, darauf antworten zu müssen. Er wölbte leicht den Oberkörper vor, stützte sich in der Höhe des Kopfkissens mit dem Ellbogen auf das harte Keilkissen und mit der Hand sein Kinn, um die Duldende nicht mit seiner vollen Körperschwere zu erdrücken, sofern dies nicht, ohne einen solchen Aufwand an Höflichkeit, lediglich geschah, um die Berührungspunkte zwischen seinem Körper und dem der Partnerin auf das Unerläßliche zu beschränken, nämlich auf die unteren Regionen. Das Geräusch des Bettes erinnerte an das einer Druckerpresse, aber derjenigen einer altmodischen Druckerei, die irgendeine südliche oder insulare Lokalzeitung in kurioserweise moderner Typographie herstellte. Durch seine Beharrlichkeit und seine Regelmäßigkeit gelang es jenem Geräusch, abermals wie dem einer Maschine, zu etwas der Stille Zugehörigem zu werden. Anstatt den Schlaf der Hotelbewohner zu stören, wiegte es sie sicherlich ein, und vielleicht würden sie gar aufwachen, wenn es nicht mehr zu hören war. Jean de Juni fühlte sich vollauf imstande, bis zum Abend weiterzumachen und auf diese Weise die Mittagsruhe seiner Zimmernachbarn zu verlängern, vorausgesetzt, daß das Mädchen in seiner Gleichgültigkeit und Apathie verharrte. ›Ich vögle‹, sagte er sich in einem gewissen Augenblick ohne die leiseste Befriedigung. Und er gedachte der Unzulänglichkeit der kleinen Wortformel, die in ihrer spöttisch-höhnischen Bescheidenheit keinen Hinweis barg, der auch nur im mindesten einen ahnungslosen Hörer hätte aufklären, einem Unerfahrenen hätte verdeutlichen können, wie ein Mann es treiben muß. Das Französische, das Spanische oder Italienische hätten ihm ausdrucksvollere Formulierungen liefern können; sie bedeuten im allgemeinen: ein Utensil einrammen oder, noch besser: nageln. War er also drauf und dran, diesem Mädchen einen Nagel (seinen Nagel) einzutreiben? Darauf hätte er mit ›nein‹ geantwortet; es handele sich weit eher um etwas wie die Durchquerung eines warmen Meers durch einen alten Dampfer mit Kolbendampfmaschine, die ›Eros‹, der den Postdienst im Archipelagos versah und selbstverständlich die weiß-blaue Flagge führte, die Griechenland vom bayerischen Königshaus geerbt hatte. Die Luft in dem zugesperrten Zimmer tat ein übriges, ihn an den Ölgeruch an Bord denken zu lassen, an den Gestank der Wanzen in der Wandverkleidung der niedrigen Kabinen. Und wie stand es um die Liebe?

Nun, die Liebe, ein Gigant an unflätigem Scharfsinn, aufgereckt in unbegrenzter Erwartung, ein kristallinischer Koloß in Gestalt einer Gottesanbeterin oder Empusa, ein weißes Standbild, erhabener als der höchste Gipfel des Himalaya, ein erschreckendes Wesen, das sich die eigene Einsamkeit erschuf, ›zumal‹, dachte Jean de Juni, ›da ich ihr nie begegne; da sie selbst im Traum mir nie den scheußlichen, dreieckigen, platten Kopf zuwendet; da ich nie in ihren gierigen Blick gerate!‹ Dann lächelte er über soviel Entsetzen, ohne daß er dabei seine Tätigkeit unterbrochen, den Rhythmus beschleunigt oder verlangsamt hätte. Die Lider des

Mädchens waren nach wie vor geschlossen, und so wußte sie nicht, daß er gelächelt, sie wußte auch nicht, daß er sich jenes Ungeheuer ausgemalt hatte.
Das Zeitwort ›lieben‹ stand im Zusammenhang mit Bildvorstellungen und Dingen von minderer Fürchterlichkeit. Es suggerierte einem ein fettes, kaum fließendes, ziemlich laues Wasser. Freilich hatte Jean de Juni seine Mutter geliebt; die Erinnerung an sie blieb der an einen gewissen Morgenrock verhaftet, den sie vormittags zu tragen pflegte, und er mußte auch an eine Sumpfschildkröte denken, eine sogenannte ›Bourbeuse‹, die für ihn bei einem alten Mann gekauft worden war; er hatte seinen Stand an der Vorhalle der Kathedrale von Modena gehabt. Sie war wohl zusammen mit den andern, die am Boden eines Korbes herumkrabbelten, in den toten Armen des Po gefangen worden. Es war ein sehr dickes Männchen gewesen; der kleine Jean de Juni hatte es mit Fetzen rohen Hühner- oder vorzugsweise Kalbfleisches gefüttert oder auch mit Leber, und er hütete es mit einer Zärtlichkeit, deren mysteriöser Ursprung mit der Bezeichnung ›Borbeuse‹ verschmolz; ihre Bedeutung hatte das Lexikon ihm enthüllt. Die Schildkröte hatte sich über Land davongemacht, sie hatte eines Nachmittags eine Jean zugerufene Weisung ausgenützt, er solle herkommen und Besuchern ›Guten Tag‹ sagen, und dann hatte er ein paar Tage später zu seinem Entsetzen am Wegrand, überwimmelt von Ameisen und Fliegen, ihren schönen gelben und schwarzen Panzer wiedererkannt, der zerstückelt dalag, vielleicht vom Rad eines Lastautos überfahren oder durch Schläge mit einem Ziegelstein (von dem sich dicht dabei ebenfalls Bruchstücke fanden) von der Hand eines grausamen Jungen zerschmettert.
Ist man ein Kind, sind die andern Kinder stets die Henker alles dessen, was man liebt.

War nicht dennoch der schrecklichste Augenblick seines Lebens der gewesen, da er auf einem Bergbauernhof in der Schweiz hatte mit ansehen müssen, wie ein Schwein geschlachtet worden war, dem seine Zuneigung gegolten hatte? War er in jenen Ferien verschwunden gewesen und mußte gesucht werden, so konnte man sicher sein, ihn vor dem kleinen Stall zu finden, in dem das Tier hauste, ein wenig abseits vom Chalet seiner Herren. Er hatte ihm immer Rüben, Kartoffeln und harte Birnen hingetragen, mannigfache Speisereste, und seine ausgiebige Gefräßigkeit angestaunt. Dann war der Tag seines Todes herangerückt, und trotz der Bitten und Tränen des kleinen Jungen hatte der Bauer selbstverständlich die Begnadigung abgelehnt. Er hatte überdies dabei gelacht: das Tier habe jetzt genug Fleisch und Speck angesetzt, und ein Aufschub würde viel Geld kosten. Da hatte Jean de Juni sich denn entschlossen, das Tier sterben zu sehen, da es nicht in seiner Macht stand, es zu retten.

Auf weniger tragische und glanzlosere Weise hatte er dann in den letzten Jahren seiner Kindheit einen Axolotl geliebt. Das kleine, dicke, froschartige Geschöpf, eingehüllt in seine Kiemen wie von einem kostbaren, indezenten rosa Blattwerk, schwamm linkisch zwischen den Aquariumpflanzen umher, tauchte zum Grund nieder und schnappte sich einen Schlammwurm oder kam zur Oberfläche des Wassers und schluckte gierig die hineingeworfenen Maden; es hatte ihm lange Glücksaugenblicke beschert, und später dann, als es gestorben war, Trauer. Danach hatte Jean de Juni, soweit er sich erinnern konnte, nichts und niemanden mehr geliebt. Absonderlicherweise hatte der Tod in seiner Kindheit mit förmlicher Wut gehaust und geplündert, und nachdem er dann seine Beute gemacht hatte, hätte man meinen können, er habe Jeans Umgebung den Rücken gekehrt, um alle seine Angriffe gegen die anderer Menschen zu richten. Vielleicht war der Grund dafür gewesen, daß er in seiner Umgebung nur Tiere und Dinge gehabt, die er mit so gleichgültigen Augen betrachtet hatte, daß es gewesen war, als habe er in absoluter Einsamkeit und dem Verzicht auf alles und jedes gelebt, gleich als habe er die Regel der Eremiten auf sich genommen.

Und jetzt ›gedachte er seiner Toten‹, wie der Volksmund sagt – wieder einmal nach so vielen andern Malen. ›Welch komischen Moment habe ich mir dazu ausgesucht!‹ sagte er sich.

Denn er fuhr mit seinem Tun im gleichen unterschütterlichen Rhythmus fort, genauso regelmäßig wie eine Schwarzwälder Uhr, als sei seinen Lenden ein Mechanismus eingebaut worden, der durch die Zahl der Stöße den Gang der Zeit maß, das Sichabnützen des Lebens und das Näherkommen des Todes, den er sich soeben ein wenig belustigt vergegenwärtigt hatte. Er dachte, daß diese Takte in gleichem Maß auch für das Mädchen Gültigkeit besäßen und daß das (wußte sie es?), was sie miteinander taten, die merkwürdige Eigenschaft besaß, die Zeit des einen auf die Zeit des andern auszurichten, in Nachahmung ihrer aufeinanderliegenden Körper, bis zu dem zweifellos noch fernen Augenblick, da jener Mechanismus innehalten oder da die Koinzidenz aufhören würde. Das änderte nicht das mindeste an der Tatsache, daß das Mädchen es ablehnte oder versäumte, an der Bewegung teilzunehmen, wenngleich sie sie in Kauf nahm und wohl oder über die regelmäßigen Stöße des Kontrollorganismus empfand. Jean de Juni dachte, sie sei die Matrize der Zeit, die ihnen gemeinsam war, und daß er die Rolle des markierenden Stichels inne habe. Auf diese Weise war die

Maschine richtig eingestellt; sie würde, sofern die Götter Beistand leisteten, bis zum Ende der Zeiten funktionieren. Das Wort Matrize gab ihm keineswegs, wie es eigentlich hätte sein müssen, die Vorstellung einer möglichen Geburt ein. Im Grunde herrschten Vergangenheit und Tod so tyrannisch in ihm, daß das Leben, wenn er darüber nachsann, sich auf seinen eigenen Verfall reduzierte und daß er der Zukunft keinen Blick gönnte.

Er überlegte, ob er den Stundenfaden mit einer Prostituierten abhaspelte. Er fand darauf keine Antwort; denn wenn sie auch gefügig seiner ersten Aufforderung gefolgt war und eingewilligt hatte, mit in das Hotel zu kommen und mit ihm in ein Zimmer hinaufzugehen, so war doch zwischen ihnen nie die Rede von einem kleinen Geschenk gewesen. Übrigens auch von nichts anderm, auch nicht von dem, was sie tun wollten (dem, was sie gegenwärtig taten), und auch nicht von Hunger, Durst oder Sattsein, von Heiterkeit, Trauer oder ewiger Verdammnis. Beurteilte er das Mädchen nach den Reaktionen, die sie beisteuerte, so war es nicht ungerecht, wenn er in seiner Partnerin ein Wesen erblickte, das der Nullität unendlich nahekam, jedenfalls aber mit einem unregelmäßigen, indessen ansprechenden Gesichtchen und einem festen, glatthäutigen Körper versehen war. Was hätte er sich für ein solches Abenteuer Besseres wünschen können? Er dachte noch (da die Sache nicht ganz so ordinär war wie mit einer Nutte), es handele sich vielleicht um das Opfer eines Sonnenstichs oder um ein dermaßen von der Hitze abgestumpftes Mädchen, daß sie nicht mehr imstande sei, sich allein zu orientieren oder sich zu sträuben. In den Städten des Südens gibt es, wenn alles Siesta hält und die Straßen leer sind, dergleichen Beutestücke als Belohnung für den Wolf, der trotz der Temperatur und der drückenden

Luft darauf besteht, weiterzujagen. Es fielen ihm zahlreiche Begegnungen ein, und wie er sie ausgebeutet hatte.

Später wurde sein Denken matter. Sein Geist neigte einer Art Nullpunkt zu, als gelte es eine mystische Vereinigung mit der Nullität der Gefährtin. Dieser Punkt war im Raum ziemlich genau festgelegt; er befand sich links vor ihm auf der Messingkugel, die jene Stelle zierte wie die drei andern Ecken des dunkel emaillierten eisernen Bettgestells. Da dieses Bett in einer Ecke des Zimmers stand, hatte Jean de Juni die Wand zu seiner Rechten und sich gegenüber, das Fenster zu seiner Linken, etwas weiter nach hinten. Das Bewußtsein seiner Stellung hielt lange an, ehe es ihn verließ, letzte Lampe, die ausgeblasen wird (und der Qualm wird von der Leere eingesogen), aber schließlich schwand es hin, und unser Held war nur noch Rhythmus, tätige Erschütterung, Matratzenknarren, das über ein schweigendes Reich herrschte, Hinundherbewegung der Lenden im Halbdunkel.

Nun aber hatte draußen die Sonne die Hotelfassade erreicht. Als sie auf den Laden traf, ließ ein Spalt neben dem Scharnier einen Strahl hindurch, der auf der Wand einen wie eine Banane oder eine kleine Sichelklinge geformten Lichtfleck bildete. Jean de Juni beachtete ihn nicht; körperlich war er durch sein Tun beansprucht, geistig durch seinen leeren Punkt, und er nahm auch nicht wahr, daß jene Lichtsichel sehr langsam weiterrückte und sich dem Bett näherte. Plötzlich erreichte sie die goldglänzende Messingkugel, die sogleich vor den Augen des dem Bewußtsein Entrückten aufflammte; es war wie ein Blitz, der in sein Gedächtnis einschlug, es erweckte, der Erinnerungen auflodern und wieder lebendig werden ließ, die dermaßen weit zurücklagen, daß sie sich ihm seit gut dreißig Jahren oder mehr nicht dargeboten hatten. Ausgehend von der Messingkugel (die ihn ebensogut ins zyprische Altertum hätte zurückleiten können …) gewahrte er eine große, goldene Kugel, und das war ein Strauß von Trollblumen; er war sorgsam rund gebunden worden und wurde von zwei Händen auf einem langen schwarzen Rock gehalten, vor einer streng mit einer kleinen Granatbrosche geschlossenen Bluse, und hinter dem Strauß, über der Brosche erkannte er das Gesicht der Kinderfrau Nina wieder, die er, die Mutter nachahmend, mit dem Spitznamen Criticona belegt, seit er die ersten Wörter gestammelt hatte, bis er in das Alter des Vergessens und der Unvernunft eingegangen war. Nina Criticona, die alte Triester Kindermagd, die er, wie er sich zuverlässig erinnerte, mehr geliebt hatte als seine Eltern, mehr als seine Schildkröte, mehr als das Schwein und mehr als seinen Axolotl. Nina, die ihn im Ausschelten vergötterte und die, in der vergeblichen Hoffnung, er möge dicker werden, für ihn Rosenkonfitüren auf dalmatinische Art bereitet hatte.

All das fügte sich, ausgehend von der gelben Kugel, zusammen, als sei darin ein Elektromagnet verborgen und als kämen mit dem Einschalten des Stroms die Einzelteile eines sehr großen, beweglichen Bildes, die auf Eisenstützen montiert waren, heran, reihten sich geordnet auf und spielten, samt und sonders durch die magnetische Anziehungskraft angelockt. Jean de Juni blieb auch weiterhin die Art Stimmgabel, die auf dem Bauch eines äußeren Einflüssen unzugänglichen Mädchens den Takt schlug und sich der Sache vollauf bewußt war, sah das drei- oder höchstens vierjährige Kind vor sich, das er gewesen war und von dem er geglaubt hatte, es sei in seinem Gedächtnis genauso endgültig ausgelöscht wie in dem anderer Menschen (ausgenommen Nina, wenn sie noch nicht gestorben war). Ein schwächliches

Kind, das durch lange, bis zu den Schultern auf einen weißsamtenen Mantel niederfallende kastanienbraune Locken noch schmaler wirkte; der Kopf steckte in einer Hermelinkappe, die weniger zu einem Jungen als zu einer Dame oder einem Fräulein paßte, die Beine in hellgrünen Wollstrümpfen; nach den Worten der alten Criticona liehen sie ihm das Aussehen eines Sumpfvogels, der ›Ritter Uferläufer‹ genannt wird. Weitere Umwandlung: Er befand sich wieder in jenem Kind und betrachtete nachdenklich mit dessen Augen, wenn er den Kopf hob, das ein wenig löwinnenhafte, zärtliche Gesicht Nina Criticonas, ihre blauen, zugleich traurigen und fröhlichen Augen, ihre runden, von einem leichten Kupferausschlag gefärbten Backen, ihr graues Haar unter einem schwarzen, durch Nadeln mit Jettperlen am Knoten festgehaltenen Plüschhut. Sie hielt sich ganz in seiner Nähe und paßte auf, daß er nicht an den Rand des Weges lief, hinter dem das Gelände steil abstürzte, und daß er nicht ein Opfer der Ungeschicklichkeit wurde, wie sie den Sprößlingen sehr reicher Eltern eigentümlich ist.

Sie waren nämlich beide auf einem Weg am Berghang; er kam vom Dorf her, wo sich die Läden der nicht teuren und der teuren Krämerin befanden, führte an dem Erholungsheim vorüber, wo sie in Pension waren, und machte vielerlei Windungen, ehe er in die Landstraße drunten im Tal einmündete. Es hatte die ganze Nacht und den ganzen gestrigen Tag geregnet, und die einzige leidlich trockene Stelle war die ›Wegbiegung‹, ein von der Natur geschaffener, zu einer Plattform ausgestalteter Vorsprung mit einer Bank auf beschottertem Boden, auf die man sich setzen und von der aus man die Aussicht genießen konnte. Jedesmal bei einigermaßen klarem Wetter führte Criticona den ihr anvertrauten kleinen Jungen dorthin. Sie hatte ihm eingeredet, vielleicht, um ihn zu zwingen, sich Bewegung zu machen, daß bei den Spaziergängen stets etwas gefunden und mit heimgebracht werden müsse, zumindest ein Strauß, der würdig war, mit in ihr Zimmer genommen zu werden, und trotz der behördlichen Plakate, die um Schonung der Alpenflora baten, versagten sie es sich auf dem Hin- oder Rückweg nur selten, Blumen zu pflücken.

Das Wort ›Blumen‹, das ihm als letztes gekommen und das noch frisch war von Kindheit, trotz all der nichtigem Quark und dumm-rohem Leben geweihten Jahre, hätte Jean de Juni am liebsten in den Boden gestampft, und er zwängte es mit gewaltigem Schwung der Lenden in die Schlammhöhle des Mädchens, das nicht einmal zusammenzuckte, obwohl die Brutalität des Stoßes fast den Rhythmus unterbrochen hätte, den sie geduldig ertrug. Aber es war zu spät, wieder in eine banale Gegenwärtigkeit einzugehen; die alte Erinnerung triumphierte auf ganzer Linie. Jean sah die Wegkrümmung vor sich, wo er als Kind gespielt hatte, er sah die Steine der Böschung vor sich, über die Sickerungen die lokkere Erde dem Bach zutrugen, und in diesem sah er auf einer dunklen Sand- oder Schlammbank, als seien sie angepflanzt worden, unscheinbare Spargelgebilde mit gelben Blüten, und das war Huflattich, der noch ohne die breiten, erst nach der Blütezeit kommenden Blätter war; ihnen dankt die Pflanze ihren gängigen Namen ›Eselstritt‹. Er sah leicht rötliche Primeln, die dicht beieinander am Fuß der Böschung auf einer fetten Erdscholle standen, mit auf dem feuchten Boden feuriggrün entfalteten Blättern. Während er mit der Spitze eines winzig kleinen Spazierstocks mit Horngriff (Gamshorn, in Silber gefaßt), der ihm bei der teuren Krämerin gekauft worden war, darin herumstocherte, war Criticona von der Bank aufgestanden, auf der sie ihren Regenschirm und ihren Handarbeitsbeutel hatte liegenlassen; aber den von ihnen gepflückten Strauß nahm sie mit; ein Windzug hätte ihn zerwehen können. Der kleine Junge überquerte den Weg. Er trat zu ihr, unter den Strauß mit den goldenen Blütenknospen, und mit der andern Hand hielt sie ihn fest, weil sie am Rand des Steilhangs waren.

Ein paar Wegwindungen tiefer, zwischen Lärchen, die aufs neue zu grünen begannen, stieg ein großer, von zwei Ochsen gezogener Karren ruhig und kraftvoll ihnen entgegen; er schien den Weg wie ein Band zu entrollen und dieses gemessen zu bügeln, ehe er es bis zur Talsohle nach hinten warf. Zwei- oder dreimal würde er verschwinden und wieder zum Vorschein kommen, ehe er oben anlangte, er würde beim Wenden ganz dicht an die Böschung heranfahren und dann immer die gleiche schwerfällige Gangart bis zum Dorf beibehalten und dort nicht Rast machen. »Ein Piemonteser Fuhrwerk«, hatte Criticona gesagt. »Arme Leute; sie kommen von der andern Seite der Berge und wollen an dem neuen Deich arbeiten. Sie hocken mit ihren Frauen und Kindern unter der Wagenplane, auch mit Tieren, Hunden und vielleicht Hühnern. Der Wagen dient ihnen als Haus, wie bei den Zigeunern. Da fühlen sie sich wohler als in den Baracken an der Baustelle, und sie brauchen dem Unternehmer nichts zu zahlen.« Ein sehr brauner Mann, der Führer des Gespanns, ging voran; dann und wann berührte er den einen oder den andern der Ochsen mit einem Stock, und er sprach ihnen mit einer Stimme zu, deren rauhe Aussprache und weicher Klang trotz der Entfernung und des Rauschens der Wasserfälle vernehmlich waren.

Der kleine Jean de Juni konnte die Augen nicht von dem Manne abwenden, der die gehörnten Tiere führte. »Ein Piemontese«, plapperte er Criticona nach, um sich den geheimnisvollen Namen einzuprägen und sich gewiß zu sein, ihn nicht zu vergessen. Der Mann hatte ein rotes, ein bißchen schmutziges Hemd an; es stand trotz der kalten Luft über der sonnengebräunten Brust offen; um den Hals trug er ein schwarzes Taschentuch; sein struppiges Haar war von bestürzender Schwärze. Der kleine Jean meinte, er müsse es Criticona schildern, die nicht einmal mit der Brille allzugut sehen konnte, damit sie seine Bewunderung teile; dann aber meinte er, er solle lieber schweigen und den wundersamen Anblick für sich behalten. Indessen widerstrebte er seiner Kinderfrau, die ihn nach rückwärts ziehen wollte. Da geschah es (das, was sich dem Geist des Kindes unauslöschlich eingeprägt hatte, da es mit den winzigsten Einzelheiten so viele Jahre nach dem Ereignis wiedererstehen sollte wie eine mit Wasser besprengte Felszeichnung).

Es geschah folgendermaßen. Der Karren der Piemontesen war aus der Zone der Waldbäume heraus und in einen Bereich gelangt, wo oberhalb des im übrigen schmaler gewordenen Weges nur Lärchen und Gestrüpp wuchsen, während unterhalb der Abhang nahezu senkrecht mehr als hundert Meter abstürzte. Ein Bergbach strömte nieder, den zu einer Rinne ausgehöhlte Baumstämme in normalen Zeiten hinlänglich gefaßt hätten, der jedoch infolge der letzten Regengüsse überall überquoll. Der befahrbare Weg war an jener Stelle ganz dunkel gefärbt, wies augenscheinlich weder Steine noch Kies auf und bestand wahrscheinlich aus seit vielen Jahreszeiten angehäuften und vermoderten Koniferennadeln. Als der Karren zwischen Böschung und Abgrund an der engsten Stelle der dunklen Wegstrecke war, sah der kleine Jean de Juni, daß der eine der Ochsen, der linksziehende, plötzlich zurückscheute und sich, wie weggerissen, auf seinen Gespanngefährten warf. Das Tier hatte gespürt, wie der durch das Geriesel aufgeweichte Boden unter seinen Hufen wich; es hatte versucht, festeren Halt zu finden, und das wäre ihm sicherlich auch mit Hilfe des andern gelungen, das instinktiv die Gefahr erkannt hatte, wenn das Gespann allein gewesen wäre oder wenn es eine weniger umfängliche und weniger gewichtige Last zu ziehen gehabt hätte. Doch als die Räder des schweren Fuhrwerks an die Stelle des Risses kamen, löste der Boden, als sei er unterhöhlt, sich gänzlich aus. Und dann sah der kleine Jean die Wagenplane schwanken, dann ungehindert umkippen, und der Karren rutschte nach rückwärts ab, mit der lockeren Erde dem Abgrund zu, während die heil gebliebene Deichsel sich aufrichtete und die armen Ochsen hochhob, die auf lächerliche Weise einen kurzen Augenblick lang Köpfe und Beine bewegten, wie dicke, auf eine Nadel gespießte Käfer vor Schmerzen zappeln. Weder Aufschreie noch Aufbrüllen; der Krach beim Hinabstürzen hatte sie zugedeckt, sofern sie überhaupt ausgestoßen worden waren. Der schwarze Mann war unversehrt; er hatte sich auf den Bauch geworfen, er wälzte sich am Boden, er biß hinein (so schien es). Dann hatte das Kind nichts mehr sehen können; eine etwas derbe Hand hatte ihm die Augen zugehalten. »Sieh nicht hin, Jeannot«, hatte Nina Criticona gesagt. »Du bist zu jung, um mit anzusehen, wenn gestorben wird.«

Jean de Juni fuhr fort mit dem, was er tat, als habe er Getreide zu dreschen oder Steine zu klopfen; dabei ließ die rhythmische Brutalität des Vorgangs seinen schweifenden Gedanken freien Lauf. Er meinte, er habe eben nochmals die älteste Episode durchlebt (oder sie vielmehr in der Phantasie nochmals erschaut, was nahezu dasselbe ist), die sich tief in sein Bewußtsein eingeprägt hatte. Der Begriff ›früheste Erinnerung‹ ist etwas Seltsames; beim Nachdenken darüber wohnt ihm etwas unaufhörlich Beunruhigendes inne. Jean de Juni fiel ein, und das hing vielleicht mit dem Satz und der liebevoll schützenden Geste der alten Criticona zusammen, daß die Schnalle seines Daseins um zwei Fingerbreit dem Schließen nahe war (›eine Schlinge!‹ dachte er) und daß er sich in Todesgefahr befinde, wenn er in seinem Tun nachlasse oder seine regelmäßigen Stöße nicht ganz genau austeilte. Dieser Gedanke schwand bald hin, aber er hatte die lange Liebesplackerei noch mehr ›entfleischlicht‹ (wenn möglich).

Die goldglitzernde Messingkugel ihm gegenüber funkelte im Sonnenstrahl mit noch immer dem gleichen Glanz, während seine Lenden mechanisch weiterarbeiteten; sie markierten das Auf und Ab der Geißel (oder des Steinklopfhammers) mit immer der gleichen Kraft und im richtigen Takt. Anstatt sich dem erotischen Lustgefühl zu nähern, wußte er, daß er jetzt immer weiter davon abrückte, so als habe der altertümliche griechische Postdampfer vom Beginn seiner Gedankengaukelei den Kurs gewechselt und kehre in den Heimathafen zurück. Gleichzeitig war Jean de Juni irgendwie befriedigt, das mußte er wohl anerkennen, so daß es nicht mehr in Frage kam, zu jenem Lustgefühl zu gelangen, noch an jenem langweiligen Bestimmungsort zu landen. Er versuchte, die grausige Erinnerung (die es schon weniger war) aufs neue zu beleben, und er dachte abermals, diesmal aus freien Stücken, an die Katastrophe auf dem Gebirgsweg zurück. In dem Maße, wie er sich bemühte, sie zu rekonstruieren, und wie sich ihm der Karren der Piemontesen und die Ochsen darboten, die zusammen in den Abgrund gestürzt waren, fühlte er sich absonderlich erhoben; er empfand, ohne es sich auf vernünftige Weise anders erklären zu können als durch irgendein Schaukelbrettspiel oder einen Waagemechanismus, etwas wie ein grandioses, glorreiches, sogar sonnenhaft aufblühendes Emporgetragenwerden, das, nicht mehr und nicht minder als ehemals sein Erklettern eines Heuschobers oder eines Steinhaufens, durch Nina Criticonas feste Hand gefördert wurde. Während dieser strahlenden Luftfahrt, die ihn auf indirektem Wege von dem Unglücksfall bis in den Himmel seiner Kindheit emporschwang, zeichneten sich die ein wenig löwinnenhaften Züge der Kinderfrau wie aufgeprägt, mit einer Klarheit, die keinen Zweifel ließ, auf dem Antlitz des Gestirns ab. Jean de Juni gewahrte den wohlwollenden Ausdruck wieder, den sie für gewöhnlich hatte, wenn sie ihn anschaute, und er wurde gerührt, wie er es seit sehr langer Zeit nicht gewesen war. War dies endlich die Liebe? »Mutter Sonne ...«, sagte er sehr leise in dem Moment, da die Züge der Alten völlig die Feuerkugel überstrahlten.

So hoch glaubte er zu sein, daß er seine Arme sich für einen Augenblick beugen ließ, da es jetzt keiner Stütze mehr bedurfte, und seine Brust lastete auf den Brüsten des Mädchens. Sie schlug die Augen auf, und als sie merkte, wie entrückt er war, rief sie ihn an, als wolle sie, daß er sich ihr nähere: »Komm«, sagte sie zu ihm. »Hast du dich nicht lange genug herumgetrieben? Wohin willst du denn bei diesem Galopp, der dein armes Reittier zuschanden macht? Hör auf und komm jetzt. Mach Schluß, steig ab, leg deinen Kopf an meine Schulter und ruh dich ein bißchen aus. Das hast du nötig, und ich bin ebenfalls müde.« Aber er hörte nicht, was sie sagte, und sie war für ihn unsichtbar geworden, obgleich er sie unmittelbar vor sich hatte. Er hatte die Arme aufs neue gestrafft, sein ganzer Körper war steif und im Zustand völliger Fühllosigkeit; sein Geist war völlig frei geworden von dem Todesspuk, der ihn für gewöhnlich beherrschte und dem verstörten Manne keinen Frieden ließ, sofern seine Schritte ihn nicht in das zweifelhafte Abenteuer, das schäbige Hotelzimmer, das enttäuschende Bett gelenkt hätten. Als ein erwachter Träumer (vielleicht vom Starrkrampf befallen) befand er sich in der höchsten Höhe eines reinen Himmels und stieg immer noch höher, einer warmen, gütigen Sonne entgegen, die zugleich Nina Criticonas Gesicht war, und er bediente sich dabei eines Halts, und der war die Hand, die sie ihm gab wie ehemals. Das Mädchen sprach nichts mehr, sie hatte die Augen wieder geschlossen, geduldig wie zuvor, da es nicht möglich war, auch nur die geringste Beziehung zu ihm aufzunehmen. Obwohl sie alles in allem das Werkzeug seiner Ekstase gewesen war, hatte er sie wohl vergessen, zusammen mit dem verschwundenen Karren zurück ins Dunkel geworfen, und der fortdauernde Rhythmus seiner Lenden hatte fortan keinen andern Zweck mehr, als ihn immer weiter und immer höher in die wundervolle, wiedereroberte Reinheit zu tragen, in den Himmel und den leuchtenden Kristall, darin er nichts mehr zu befürchten hatte, außer daß die Sonne sich zurückzog. »Criticona, alte Criticona, laß mich nicht allein...«, sagte er mehrmals weich und langsam, wie ein Kind, das nahe dem Einschlafen ist.

Inhalt

Bibliothek Suhrkamp

Alphabetisches Verzeichnis